Bianca

PASIÓN Y ENGAÑO

MIRANDA LEE

Editado por Harlequin Ibérica.
Una división de HarperCollins Ibérica, S.A.
Núñez de Balboa, 56
28001 Madrid

© 2017 Miranda Lee
© 2018 Harlequin Ibérica, una división de HarperCollins Ibérica, S.A.
Pasión y engaño, n.º 2637 - 25.7.18
Título original: The Magnate's Tempestuous Marriage
Publicada originalmente por Mills & Boon®, Ltd., Londres.

I.S.B.N.: 978-84-9188-360-9
Depósito legal: M-16116-2018
Impresión en CPI (Barcelona)
Fecha impresión para Argentina: 21.1.19
Distribuidor exclusivo para España: LOGISTA
Distribuidor para México: Distibuidora Intermex, S.A. de C.V.
Distribuidores para Argentina: Interior, DGP, S.A. Alvarado 2118.
Cap. Fed./Buenos Aires y Gran Buenos Aires, VACCARO HNOS.

Prólogo

SARAH, sentada delante de su escritorio, estaba sumamente aburrida. Menos mal que era viernes. Solo le quedaban dos horas para acabar su jornada laboral semanal y también el tedioso periodo en el departamento de Contratos y Fusiones. No había estudiado Derecho para rellenar formularios y decirle a la gente dónde firmar. Eso lo podía hacer cualquiera, sin necesidad de pasar cuatro años estudiando para conseguir un título.

Al recibir la oferta de trabajo del famoso bufete de abogados Goldstein y Evans, Sarah se había visto a sí misma como defensora de los desfavorecidos, se había imaginado a sí misma defendiendo en juicios a gente inocente. Sin embargo, en las siete semanas que llevaba trabajando allí, no había puesto los pies en un solo juzgado. Había trabajado una semana en Transmisiones, dos en Fideicomisos y Testamentos, y dos en el departamento relacionado con asuntos familiares, lo que no había sido de su agrado, pero sí bastante mejor que lo que había estado haciendo las dos últimas semanas.

Por suerte, la semana siguiente iba a trabajar en los departamentos de Derecho Penal y Derecho Civil, mucho más de su agrado. Esos departamentos tenían una sección gratuita en la que algunos abogados, los de menos experiencia, trabajaban. Estaba deseando pasar a esa sección.

Entretanto, volvió a clavar los ojos en la pantalla del ordenador portátil, de vuelta a la información sobre un cliente que iba a ir al bufete a firmar un contrato de compraventa a las tres de la tarde. Se trataba de una mina de diamantes, nada menos. El cliente se llamaba Scott McAllister, un magnate de la industria minera, un hombre a quien, según Bob, su mentor, debería reconocer. Al parecer, Scott McAllister había aparecido en televisión con frecuencia últimamente en relación con una refinería de níquel al borde de la quiebra y cuyo cierre significaría la pérdida de muchos puestos de trabajo. Sin embargo, ella no solía ver los informativos de televisión, por lo tanto no tenía ni idea de quién era ese hombre.

No obstante, a través de Internet, se estaba informando. Scott McAllister, de nacionalidad australiana, era uno de los más jóvenes magnates de la industria minera y sus operaciones incluían minas de hierro, oro, carbón, níquel y aluminio; y ahora iba a añadir diamantes a la lista. Al parecer, su padre, fallecido diez años atrás, había sido un buscador de oro fracasado; sin embargo, a su muerte, el hijo había descubierto que dos de las minas que su padre le había dejado y que, supuestamente, no valían nada, escondían auténticos tesoros en sus entrañas. Una de ellas era rica en hierro, la otra lo era en lignito.

Según ella, la suerte había jugado un papel importante en el éxito de McAllister. Sin embargo, Bob insistía en que su cliente era un hombre sumamente astuto que, metafóricamente, era capaz de convertir las piedras en diamantes.

–Algunos informes aseguran que la mina de diamantes que va a comprar hoy está agotada –le había dicho Bob hacía un rato–. Pero un hombre como McAllister no la compraría si ese fuera el caso. Estoy seguro de que sabe algo que los propietarios de la mina desconocen.

En otra página web, vio una fotografía de él en la que lo más significativo era que parecía muy alto y con buen tipo. Unas gafas de sol le ocultaban los ojos, pero su rostro se veía moreno, de facciones duras y una mandíbula que parecía esculpida en granito. Leyó que Scott McAllister no estaba casado y no le sorprendió; no parecía la clase de hombre que podía gustar a las mujeres, a pesar de su riqueza.

El teléfono de Bob empezó a sonar. Lanzando una maldición, se pegó el auricular a la oreja. Treinta segundos después lanzó otra maldición.

–Perdona –se disculpó Bob–. Es que McAllister ha llegado con antelación y los dueños de la mina aún no están aquí. Además, tampoco me ha dado tiempo a leer entero este malditamente complido contrato. Así que... ¿te importaría hacerme un favor? Acompáñale a la sala de reuniones y ofrécele un café o lo que le apetezca tomar. Esas cosas se te dan bien.

Desde luego que se le daban bien. Era lo único que había hecho en esa condenada sección, preparar café para Bob y sus compañeros. En vez de abogada parecía una camarera. No obstante, su madre le había enseñado buenos modales, así que sonrió y respondió que sería un placer.

–Eres una chica estupenda –dijo Bob devolviéndole la sonrisa.

Sarah se habría ofendido si Bob no hubiera tenido sesenta y tres años de edad. Ella tenía veinticinco. Iba a cumplir veintiséis ese año. ¡Ya no era una chica!

Se puso en pie, se alisó la falda, se echó hacia atrás el pelo, salió del despacho y recorrió el pasillo camino de la recepción, contenta de tener algo que hacer. Además, si era sincera consigo misma, debía reconocer que sentía curiosidad por verle los ojos al tal McAllister.

Le vio inmediatamente. Estaba sentado en uno de los sofás de cuero negro esparcidos por la zona de recepción. Llevaba un traje de chaqueta gris oscuro, camisa blanca y una sobria corbata azul marino. Tenía un brazo extendido sobre el respaldo del sofá y una pierna cruzada sobre la otra. Sus zapatos se veían limpios, pero gastados. La moda no era el fuerte de ese hombre. Quizá a los magnates de la minería les daba igual cómo iban vestidos.

Por desgracia, Scott McAllister tenía los ojos cerrados, pero eso le permitió ver claramente el resto de ese hombre. El cabello era castaño oscuro y lo llevaba muy corto, más por los laterales que por encima de la cabeza, lo que le confería un aspecto muy viril. Tenía la nariz más grande de lo que parecía en la foto que había visto, pero no desentonaba con el resto del rostro. La boca era grande, el labio inferior más lleno que el superior, pero sin conseguir suavizar el aspecto de su semblante.

Incluso antes de que abriera los ojos, Sarah se dio cuenta de que Scott McAllister no era un hombre

convencionalmente guapo, pero sí le resultó sumamente atractivo. Lo que era extraño, ya que nunca le
habían gustado los hombres tan viriles, le intimida-
ban. Prefería hombres delgados, de belleza elegante
y con más cerebro que músculos.

Se detuvo a un metro de los pies de él y se aclaró
la garganta.

—¿El señor McAllister?

Los párpados de él se abrieron y por fin vio esos
ojos.

Unos ojos gris metálico con unas pestañas sor-
prendentemente largas. No eran unos ojos duros,
pero sí fríos; sin embargo, eran cálidos a la vez. Y
cuando esos ojos se clavaron en ella la hicieron contener la respiración al tiempo que sus mejillas enro-
jecían. ¡Qué vergüenza!

—Sí, soy yo —dijo él poniéndose en pie, mucho
más alto que ella, que medía un metro setenta y encima llevaba tacones.

Echó la cabeza hacia atrás para verle el rostro y
sintió la boca seca. Conteniendo un gemido, se hu-
medeció los labios con la lengua y trató de adoptar
un aire sofisticado.

—Los propietarios de la mina aún no han llegado
—dijo Sarah con una fría y medida sonrisa—. El señor
Katon me ha encargado que me ocupe de usted hasta
que lleguen.

McAllister se limitó a mirarla sin devolverle la
sonrisa.

Sarah sintió un profundo e intenso calor acompa-
ñado de un deseo de hacer y decir las cosas más ridí-
culas que se podían imaginar. Tuvo que hacer un
ímprobo esfuerzo para controlarse.

–Sígame, por favor –sugirió ella fingiendo una fría cortesía.

–Cielo, te seguiría hasta el infierno –dijo él mientras esos crueles labios esbozaban una sonrisa.

Sarah se quedó boquiabierta. Eso mismo podía decir ella respecto a él.

Capítulo 1

Sídney, quince meses más tarde...

Scott, de pie junto a la ventana detrás de su escritorio, contempló la vista. Aunque la vista no tenía nada de especial. El edificio en el que se encontraba la oficina central de McAllister Mines estaba situado al sur del centro de Sídney, no en la parte más pintoresca de la ciudad, junto al puerto. Desde donde estaba no se veía el mar ni la Casa de la Ópera, ni los hermosos parques y jardines. Ahí solo se veían anodinos rascacielos y calles llenas de tráfico.

Aunque nada lograría calmarle ese lunes por la mañana. Jamás en su vida se había sentido así. Había llorado la muerte de su padre, pero la muerte era más fácil de sobrellevar que la traición. Seguía sin poderse creer que Sarah le hubiera podido hacer eso. Solo llevaban casados un año, el día anterior había sido el primer aniversario de su boda. Y aunque él nunca había confiado plenamente en una mujer, Sarah le había parecido muy diferente a las mujeres responsables de su cinismo. Sí, muy diferente. Por eso, le resultaba increíble que ella le hubiera engañado.

Había recibido el texto con las fotos el viernes al mediodía, poco después del fin de la reunión que había tenido con un multimillonario de Singapur que se encontraba en la Costa de Oro y que podía ayudarle a solucionar los problemas de flujos de caja. Por suerte, había estado solo en ese momento, nadie había presenciado su inicial estado de shock. Pero, poco a poco, había reconocido la validez de las pruebas. Las fotos habían incriminado a Sarah claramente, todas ellas tenían la fecha y la hora en las que habían sido tomadas. Al mediodía de ese mismo día, el viernes anterior.

Y todas ellas iban acompañadas de un mensaje: *Me ha parecido que podría gustarte saber lo que hace tu esposa cuando estás ausente.* Firmado: *Un amigo*.

No creía que fuera un amigo. Más bien un enemigo en el mundo de los negocios o una compañera de Sarah envidiosa. Su esposa solía despertar la envidia de otras mujeres... y los celos de su marido. Lo que no significaba que Sarah fuera inocente. No le había costado mucho reconocer que su mujer mantenía relaciones con ese guapo y bien vestido sinvergüenza que aparecía en las fotos.

Era la primera vez que Scott sentía esos negros celos y esa furia que le habían llevado a dejar a su secretaria, Cleo, en la Costa de Oro para concluir la negociación en su nombre. Como excusa, había dicho que Sarah estaba indispuesta y había tomado un avión para ir a su casa y enfrentarse a su adúltera esposa.

Pero no se había enfrentado a ella inmediatamente. ¿Por qué? ¿Por sentimiento de culpabilidad? ¿Por vergüenza?

Su intención había sido hablar con Sarah de inmediato, aún había albergado la esperanza de que hubiera una explicación lógica respecto a semejante pesadilla. Pero al entrar en su casa, Sarah se había arrojado a sus brazos, encantada con que hubiera vuelto tan pronto. Le había besado apasionadamente, con más fervor que de costumbre. Aunque su vida sexual había sido más que satisfactoria hasta ese momento, Sarah no era agresiva en lo que al sexo se refería. Siempre esperaba que él diera el primer paso, que tomara el control. Sin embargo, esa noche no había sido así; esa noche, Sarah se había mostrado atrevida, le había acariciado íntimamente y le había besado el sexo.

«Culpable», había decidido al pensar en ello detenidamente.

Contra toda razón, después de que Sarah se durmiera tras un agotador maratón sexual, quien se había sentido culpable había sido él. Una locura. ¿De qué podía él sentirse culpable? Sarah era la culpable. Sarah era la adúltera, no él.

Sarah le había mentido descaradamente al contarle lo que había hecho aquel día: había ido a comprarle un maravilloso regalo de aniversario al mediodía. Sin embargo, él sabía perfectamente lo que Sarah había estado haciendo el viernes al mediodía.

Se había levantado de la cama, se había ido a su estudio, se había puesto a beber y, al final, se había quedado dormido en el sofá completamente ebrio.

Allí le había encontrado Sarah a la mañana siguiente. Y allí habían tenido el terrible enfrentamiento...

Había sido horrible, aún le sorprendían las acusaciones que Sarah le había lanzado. Al final, Sarah se había marchado. Y no había vuelto.

El domingo por la noche, Scott se había visto obligado a aceptar que quizá Sarah no regresaría a su lado.

Lo que debería haberle complacido, pero era todo lo contrario. A pesar de ser un hombre que no toleraba tener una esposa en la que no podía confiar, cabía la posibilidad de que no fuera lo que parecía y que él hubiera cometido un grave error.

Salió de su ensimismamiento al oír a alguien llamar a la puerta.

–¿Sí? –dijo Scott apartándose de la ventana.

Cleo entró discretamente y le lanzó una mirada sumamente significativa. Su expresión mostraba preocupación. Él le había contado lo ocurrido a Cleo por encima. Cleo era su secretaria y no se le escapaba nada. Después de tres años trabajando juntos, Cleo era también su amiga y se había mostrado más sorprendida aún que él. En realidad, Cleo había declarado no creer que Sarah le hubiera sido infiel:

–No es posible que Sarah te haya engañado, Scott. ¡Esa chica te adora!

Sí, eso mismo había creído él; pero, evidentemente, se había equivocado. Habría enseñado a Cleo las fotos que incriminaban a Sarah, pero ya no las tenía. Había entregado el móvil en cuestión al jefe de Seguridad de su empresa el sábado al mediodía con el fin de que investigara el asunto.

Mostrar a Harvey las fotos de su esposa con otro hombre le había resultado humillante; sin embargo, no le había quedado más remedio que averiguar la autenticidad de las fotos y la identidad de quien las había enviado. Además, quería saber todo lo posible respecto al hombre que aparecía al lado de su esposa.

El hombre que salía en las fotos era guapo, aunque no tan fuerte como él, más bien tirando a delgado. Elegante y muy bien vestido.

–Harvey acaba de llamar para decir que ya mismo sube –dijo Cleo, sacándole de sus oscuros pensamientos–. ¿Quieres que os prepare un café?

–De momento, no. Gracias, Cleo. Ah, y gracias también por sustituirme el viernes. No sé qué haría sin ti.

Cleo se encogió de hombros.

–Me temo que no sirvió de mucho. El inversor dejó muy claro que no quería hacer tratos con una mujer; sobre todo, con una menor de treinta años. No obstante, si te sirve de algo mi opinión, creo que no te conviene aceptar su dinero. Ese tipo no me gusta nada, tiene una mirada muy esquiva.

Scott sonrió irónicamente. Cleo tenía la costumbre de juzgar a la gente por su mirada. Y no solía equivocarse. En varias ocasiones los consejos de Cleo le habían evitado costosos errores. A Cleo, Sarah le caía muy bien, la consideraba una chica encantadora. Él suponía que no se podía acertar siempre.

–En ese caso, le borraré de la lista de posibles socios –declaró Scott.

–Sí, será lo mejor. No obstante, tienes que encontrar a otro y con la mayor rapidez posible, Scott; de lo contrario, vas a tener que cerrar la refinería de níquel y puede que la mina también. No pueden seguir funcionando con pérdidas durante mucho más tiempo.

–Sí, lo sé –respondió él–. ¿Por qué no te pones a investigar posibles inversores? Quizá alguien de Australia... Ah, ahí está Harvey. Hola, Harvey, entra.

Cleo les dejó y Harvey se adentró en el despacho

con expresión impenetrable. Harvey tenía cincuenta y tantos años, era un hombre alto y corpulento y completamente calvo; de un rostro atractivo, labios firmes y fríos ojos azules. Había sido policía durante veinte años e investigador privado otros diez años antes de entrar en su empresa a ocupar el puesto de encargado del departamento de Seguridad. Su impresionante físico se prestaba para ser un escolta excelente, tarea que había desempeñado en varias ocasiones para protegerle. Ser un magnate de la industria minera tenía sus peligros; sobre todo, cuando había que cerrar alguna mina, aunque fuera solo temporalmente.

Harvey, que vestido con unos vaqueros y una chaqueta de cuero negra, también era un experto en informática, algo de incalculable valor en los tiempos que corrían.

Scott cerró la puerta del despacho e indicó a Harvey que se sentara en uno de los dos sillones situados delante de su escritorio.

–¿Qué has averiguado? –preguntó Scott sin preámbulos.

Los ojos de Harvey mostraron casi compasión y Scott tuvo que contener una náusea.

–A juzgar por tu expresión, me temo que no son buenas noticias.

–No.

–Vamos, cuenta.

Harvey se inclinó hacia delante y dejó el móvil de Scott encima del escritorio antes de volver a recostarse en el respaldo del sillón.

–Pero vayamos por partes –dijo Harvey–. El teléfono móvil que se utilizó para enviarte esas fotos no ha podido ser rastreado.

–Lo sospechaba –dijo Scott–. ¿Son auténticas las fotos?

–Sí. No están manipuladas.

–¿Y la fecha y la hora en las que fueron tomadas?

–También auténticas. Lo he confirmado al examinar la filmación de la cámara de seguridad del hotel. El establecimiento tiene cámaras por todas partes.

–¿Qué hotel es ese?

–El Regency.

A Scott se le hizo un nudo en el estómago. El Regency era un hotel de cinco estrellas que se hallaba muy cerca del lugar de trabajo de Sarah.

–¿Qué más has averiguado? –preguntó Scott, resignado a seguir recibiendo malas noticias.

–He hablado con uno de los camareros del hotel que estaba trabajando el viernes al mediodía. Recuerda a Sarah.

Naturalmente, pensó Scott. Solo un ciego no se fijaría en ella. Sarah era una chica deslumbrante de rubios cabellos, grandes ojos azules y una boca irresistible. A pesar de ser delgada, tenía curvas y vestía ropa muy femenina.

A Scott jamás se le olvidaría el momento en que vio a Sarah por primera vez. Hacía justo quince meses. En las oficinas de Goldstein y Evans, el bufete de abogados de Sídney que solía utilizar para firmar sus contratos. Se había enamorado de ella al instante, un flechazo. Una semana más tarde, durante su tercera cita para cenar, Sarah le había confesado que a ella le había ocurrido lo mismo.

Y Scott la había creído. Tres meses después se habían casado. Y ahora, un año más tarde, parecía que Sarah se iba a convertir en su exesposa.

Scott se aclaró la garganta.

—¿Qué te ha dicho el camarero?

—Me ha dicho que parecían tener una relación íntima. Se sentaron en un rincón del establecimiento, no bebieron mucho y se limitaron a hablar. Quince minutos después, se levantaron y se marcharon.

—Entendido —dijo Scott con voz cortante.

Tanto Harvey como él sabían adónde habían ido Sarah y su amigo. Las fotos lo demostraban. El hombre había ido al mostrador de recepción y había reservado una habitación. Después, ambos habían tomado el ascensor, habían ido a la habitación y habían salido cuarenta y cinco minutos más tarde.

—No obstante, el camarero ha dicho que no la había visto nunca allí —añadió Harvey.

Pero había muchos otros hoteles en Sídney.

—Sin embargo, el tipo sí le resultó conocido —continuó Harvey—. Le había visto allí con otra mujer en varias ocasiones. Una morena.

—¿Has descubierto quién es?

—Sí. Se llama Philip Leighton. Treinta y tantos años. Abogado.

—Y trabaja en Goldstein y Evans, ¿me equivoco?

—No, no te equivocas. Su trabajo se centra en asuntos de familia, su especialidad son los divorcios. Fundamentalmente se encarga de los divorcios de gente rica. También él procede de una familia de dinero. Su padre es senador. Según los rumores, el señor Leighton quiere meterse en política. No está casado y no tiene pareja estable. Según un compañero de trabajo con el que he hablado esta mañana, es un donjuán.

Scott, repentinamente, se vio presa de unos celos cegadores. No soportaba que le tomaran por tonto, y Sarah lo había hecho. El sábado por la mañana, la indignación que Sarah había mostrado no había sido más que un arma para ocultar su culpabilidad. Lo cierto era que Sarah se había dejado seducir por un sinvergüenza.

«Quizá, si no hubieras realizado tantos viajes de negocios, esto no habría pasado...».

¡No, nada de eso, el comportamiento de Sarah no tenía excusa!

–¿Alguna cosa más que tengas que decirme respecto a mi mujer y al tal Leighton?

–Solo que no se ha ido con él después de que saliera de tu casa el sábado. Leighton tiene una casa en la zona residencial de la Costa Norte de Sídney, a Sarah no se la ha visto por allí.

–Puede que se haya ido a casa de Cory –murmuró Scott–. Es su mejor amigo, se conocieron en la universidad.

Scott no dio más explicaciones; sobre todo, porque no sabía mucho respecto a la amistad de su esposa con el joven arquitecto. De repente, se dio cuenta de que, en realidad, no sabía gran cosa de su esposa. Sarah le había contado que su madre ya no vivía y que no tenía contacto ni con su padre ni con su hermano, mayor que ella. Sus padres se habían divorciado, y no amistosamente, su hermano se había puesto de parte de su padre, a pesar de las infidelidades de este.

Scott no había tratado de indagar más en el pasado de Sarah. Tampoco le había preguntado respecto a la naturaleza de su amistad con Cory, principalmente porque Cory no le preocupaba. En realidad, Cory le caía bien y viceversa.

«Supongo que ahora, después de que Sarah le haya contado lo del viernes por la noche, ya no le caigo bien», pensó Scott. Porque seguro que Sarah se lo habría contado. Todo. Cuando Cory y Sarah estaban juntos parecían dos adolescentes.

De repente, Scott deseó quedarse solo para hacer algunas pesquisas por sí mismo. Por lo tanto, se puso en pie, rodeó el escritorio y le ofreció la mano a Harvey.

–Gracias, Harvey. Te agradezco todo lo que has hecho.

–De nada, jefe –respondió Harvey estrechando la mano que Scott le tendía–. Siento no haberte podido dar mejores noticias.

–La vida no es fácil, Harvey.

Ni el amor. Porque todavía amaba a su infiel esposa. ¡Y no sabía por qué!

Tan pronto como Harvey se hubo marchado, Scott agarró su teléfono personal y marcó el número del trabajo de Sarah. Cuando le dijeron que Sarah no había ido a trabajar, alegando estar enferma, no supo qué pensar. Sarah nunca faltaba al trabajo. Le encantaba lo que hacía; sobre todo, ahora que se encargaba, de forma permanente, de los casos de gente sin medios para pagar a un abogado. Se había encargado de varios casos; entre ellos, uno sobre un despido injusto y otros sobre discriminación de género. Había ganado la mayoría de ellos. No, no era propio de Sarah faltar al trabajo.

Scott frunció el ceño. Sarah debía de estar muy disgustada, sin duda. Pero... ¿por él o por su propio comportamiento? Quizá solo le había sido infiel una vez. Quizás se arrepentía de lo que había hecho.

Súbitamente, otra idea acudió a su mente. Algo horrible. ¿Y si Sarah se había fugado con el tal Leighton?

El corazón pareció querer salírsele del pecho cuando hizo la siguiente pregunta a la recepcionista:

—Y el señor Leighton, ¿está en la oficina?

—Sí, sí está. ¿Desea hablar con él?

—No, ahora no, gracias —respondió Scott con firmeza y un gran alivio.

Pero hablaría con él. No le cabía duda de que había sido Leighton quien había dado el primer paso. Sarah, por su personalidad, no tenía tendencia a la infidelidad.

¿O sí?

Estaba claro que no conocía bien a su esposa.

Sacudiendo la cabeza, llamó al móvil de Sarah. Le sorprendió ver que no estaba apagado, aunque sí comunicaba. ¿Con quién estaría hablando? ¿Con Cory? ¿Con el sinvergüenza de su amante? ¿Y dónde estaba? Lo más seguro era que siguiera en casa de Cory.

Consciente de que no podía seguir dándole vueltas a la cabeza sin hacer nada, Scott tomó una decisión. Tenía que enfrentarse a Sarah una vez más. Agarró la chaqueta, se la puso, salió del despacho y se acercó al escritorio de Cleo, que miraba la pantalla del ordenador con el ceño fruncido.

—Tengo que salir, Cleo. Cancela todas las citas que tengo esta tarde y tómate el resto del día libre. Te lo mereces.

Cleo alzó los ojos y suspiró.

–No vas a hacer ninguna tontería, ¿verdad, Scott?

–No, hoy no. La mayor tontería de mi vida la hice hace un año –cuando se casó con una chica a la que no conocía bien, una chica fuera de lo común.

Porque, cuando conoció a Sarah, ella era virgen.

Capítulo 2

ESTÁS segura de que no quieres que te lleve, cielo? –dijo Cory–. Vas a necesitar que alguien te ayude a llevar las cosas. Puedo tomarme el resto del día libre, eso no es ningún problema. Tenemos horario flexible.

–Gracias, Cory, pero prefiero hacerlo yo sola.

–¿Seguro que Brutus no estará allí?

Sarah parpadeó al oír el mote que Cory le había puesto a Scott, aunque no porque no fuese apropiado. Lo que Scott había hecho el viernes por la noche en nombre de la pasión había sido una brutalidad. Le dio un vuelco el estómago al recordar que ella no solo lo había permitido, sino que también había disfrutado. Sí, esto último era lo peor. Le había encantado que Scott la devorara y ella le había animado con súplicas y ruegos.

A la mañana siguiente, al descubrir que el comportamiento de Scott se había debido a los celos y al ansia de venganza, su sorpresa se había transformado rápidamente en furia.

–No es posible que creas que Scott no ha ido a trabajar –dijo Sarah con amargura–. Créeme, ni una bomba atómica le mantendría apartado de su adorado despacho un lunes por la mañana.

–Por lo que me has contado, el sábado fue como si hubiera estallado una bomba atómica.

Sarah no solía enfadarse. Pero cuando se enfadaba...

–¡No te puedes imaginar lo furiosa que estaba!

–No tengo que imaginármelo, cariño, lo vi cuando te presentaste en mi casa. Bueno, estabas furiosa hasta que te pusiste a llorar. Todo el fin de semana llorando. Creí que iba a necesitar un chaleco salvavidas.

–Por favor, Cory, no intentes hacerme reír. Ese hombre me ha roto el corazón. Lo que ha hecho es imperdonable.

–¿Por qué? ¿Porque se ha comportado como muchos hombres se comportarían en su situación? Cuando descubrí que Felix me estaba engañando, me apetecía estar con él más que nunca.

–¡Pero tú no estabas enamorado de Felix y yo no he engañado a Scott!

–Pero lo parecía...

–Lo sé. Lo sé –respondió Sarah con un gruñido.

–Creo que deberías llamar a Scott y explicarle por qué estabas en ese hotel con tu amigo abogado. Al fin y al cabo, tú misma me has dicho que esas fotos eran bastante incriminatorias.

–¿Y luego qué? ¿Scott me pide disculpas y aquí no ha pasado nada? No, de eso nada, Cory.

–Ah, perdona, se me olvidaba que eres escorpión. Los escorpiones no perdonan ni olvidan jamás. Por cierto, ¿te has parado a pensar quién ha podido enviarle a Scott esas fotos?

Sarah suspiró.

–Llevo toda la mañana pensando en eso.

–¿Crees que ha podido ser alguien de tu trabajo?

–No sé, no se me ocurre nadie.

–Evidentemente, tiene que ser alguien que te odia. O quizá sea más probable que se trate de alguien que odia a Scott.

–Puede que sea la misma persona que le contó a Phil esos rumores sobre Scott y Cleo –dijo Sarah.

–Sí, eso debe de ser –respondió Cory animado–. Desde el principio te he dicho que ha sido una trampa. De lo contrario, ¿cómo iba esa persona, hombre o mujer, a estar en el momento y en el sitio adecuado para sacar las fotos? Demasiada coincidencia. Creo que ha sido alguien con quien tú trabajas, Sarah, alguien que os vio salir juntos a almorzar y os siguió.

–Pero... ¿quién?

–Ni idea. Lo único que sé es que si permites que esto arruine tu matrimonio has permitido que esa persona consiga lo que se proponía.

–Es Scott quien ha destruido nuestro matrimonio –declaró Sarah–. La cuestión es que Scott no me quiere y no se fía de mí. Se negó a escucharme. Para él, solo he sido un adorno y una mujer con la que acostarse las pocas veces que estaba en casa. Cosa que apenas ha ocurrido durante los últimos seis meses. ¡Y yo que creía que había venido el viernes para celebrar conmigo el aniversario de nuestra boda! ¡Qué ilusa!

–Ya veo que sigues enfadada con él.

–Desde luego. En fin, tengo que marcharme ya. El personal de la limpieza debe de haberse ido ya y quiero hacerlo todo y marcharme antes de que Brutus vuelva a casa.

–Ahora tú también le llamas Brutus –comentó Cory irónicamente.

–Sí, creo que el mote le sienta bien.

–Supongo que sabes que el odio es la otra cara del amor, ¿no?

–Sí, claro que lo sé. Bueno, Cory, me voy ya. Hasta esta noche.

–Llevaré comida china para cenar –dijo Cory–. Y una botella de un buen vino.

–Estupendo. Gracias.

Se le llenaron los ojos de lágrimas. Cory era un gran amigo. Y muy tierno. No sabía qué habría sido de ella el fin de semana de no haber sido por Cory.

Sarah no tenía muchos amigos. Al entrar en la universidad, había perdido el contacto con sus amigas del colegio. Lo mismo le había ocurrido al morir su pobre madre hacia finales de su primer curso en la universidad. Incapaz de estudiar, se había tomado un año sabático para viajar por todo el mundo. Al regresar a Sídney dos años después, también había perdido el contacto con sus antiguos compañeros de curso. Una depresión durante su primer año sabático le había impedido mantener el contacto con sus amigos. Apenas recordaba nada de su viaje por Europa, todo le resultaba borroso.

Había empezado a sentirse mejor al llegar a Asia, quizá por la simpatía y amabilidad de sus gentes. Los niños allí eran adorables. Viajar por India, Tailandia y Vietnam había sido la cura a su depresión y también había disminuido su hostilidad hacia los hombres.

Al volver a Sídney, había reanudado sus estudios e incluso se había atrevido a pensar en la posibilidad de dar una oportunidad al sexo opuesto, aunque todavía sin intención de acostarse con un hombre sin más. Por suerte, durante el primer semestre en la facultad a su regreso a Sídney, había conocido a Cory.

Sarah sonrió al recordar que, en un primer momento, se le había ocurrido pensar en la posibilidad de que fuera Cory el hombre de su vida. Cory no solo era divertido, también era sumamente guapo: rubio, ojos azules y musculoso. Y aunque no la había vuelto loca sensualmente, en esos tiempos no sabía lo que era estar loca por un hombre, le había resultado atractivo. Después de salir juntos y asistir a fiestas durante un tiempo, Cory le había confesado que era homosexual. Al parecer, ni siquiera Cory lo había reconocido hasta hacía poco, por miedo a que sus padres le rechazaran. Pero sus padres, afortunadamente, lo habían aceptado como algo natural.

Sarah se había resignado a permanecer virgen durante el resto de su vida. Porque no estaba dispuesta a acostarse con un hombre al que no amara y en quien no confiara. El hombre con quien hiciera el amor tenía que ser como Cory, pero heterosexual: atractivo, inteligente y cariñoso. Ni siquiera Phil, que era extraordinariamente guapo y sumamente inteligente, le había atraído; además, con treinta y cinco años, le había parecido demasiado mayor.

Pero, cuando Scott McAllister apareció en su vida, todas sus ideas sobre el amor se derrumbaron. Para empezar, Scott parecía mayor que Phil, aunque eran de la misma edad. Scott no era guapo en el sentido clásico de la palabra y tampoco tenía estudios universitarios; en realidad, solo tenía estudios elementales, ya que había pasado la adolescencia acompañando a su padre en sus viajes de una mina a otra.

A pesar de ser obviamente inteligente y de haber

logrado el éxito por sí mismo, Scott tenía más dinero que modales, y no desperdiciaba las palabras ni el tiempo. Con un cuerpo plenamente en forma, Scott McAllister era un hombre muy viril y poco sutil.

Aún recordaba el día que le conoció. La gélida mirada gris de Scott la recorrió de los pies a la cabeza con un evidente deseo animal. Su cuerpo parecía haberse encendido. Y, a partir de ese momento, se había entregado a él. A los cinco minutos de conocerla, Scott la había invitado a cenar y ella había dicho que sí. Después de salir tres veces con él había sucumbido.

Por supuesto, Scott se había quedado perplejo al ver que era virgen. Pero no le había desagradado. De hecho, le había confesado que era la primera vez que se acostaba con una virgen.

Sarah no había tardado en hacerse adicta a las apasionadas y tiernas caricias de Scott. Le había encantado lo segura que se sentía entre esos fuertes brazos, lo querida. Sentirse querida le resultaba tan importante como el placer del sexo con Scott.

Pero el viernes anterior todo se había ido abajo.

—No pienses más en esa noche si no quieres volverte loca, Sarah —se reprendió a sí misma.

Sacudiendo la cabeza, Sarah fue a por el bolso y las llaves del coche. Diez minutos después, en el coche, de camino al puente del puerto, hizo mentalmente una lista de lo que tenía que llevarse de la casa: ropa, cosméticos, artículos de aseo personal... Iba a llevarse lo que necesitaría con urgencia y dejaría para más tarde el resto de sus pertenencias.

Pero... ¿y si solo disponía de ese día? ¿Y si Scott cambiaba el cerrojo de la puerta? Podía ser un comportamiento propio de Scott, un hombre que no soportaba que nadie le engañara y mucho menos que le traicionaran. Por mucho que le costara admitirlo, en esas fotos Phil y ella parecían amantes.

Sarah tomó la salida en dirección a McMahon's Point, su resolución se estaba disipando al ver el alto edificio en el que se encontraba el piso que había sido su hogar durante el último año. Un hogar feliz, a pesar de las constantes ausencias de Scott. Comprendía las dificultades a las que Scott se estaba enfrentando aquellos últimos meses; la industria minera pasaba por dificultades, el precio de los metales estaba más barato que nunca. No obstante, le molestaba que él estuviera viajando constantemente, a pesar de que los regresos eran siempre extraordinarios. El viernes anterior había sido excepcional y el sábado por la mañana se había levantado con una enorme sonrisa en el rostro.

Por supuesto, había ignorado el verdadero motivo del insaciable apetito sexual de Scott la noche del viernes. También se había alegrado de haber adoptado un papel más activo en la relación sexual. Contenta y satisfecha, se había vestido y había ido en busca de su marido el sábado por la mañana, pensando que tenían todo el fin de semana por delante...

Sarah lanzó un gruñido al recordar el enfrentamiento que había tenido lugar al reunirse con Scott.

–¡Sinvergüenza! –murmuró enfadada mientras bajaba la rampa del sótano en el que estaba el aparcamiento del edificio.

A pesar de haberle dicho a Cory que no dudaba que Scott estuviera en la oficina, sintió un gran alivio al ver que el coche de él no estaba en el aparcamiento.

Aparcó el suyo, rojo, y se dirigió a los ascensores para subir al lujoso piso alto que Scott había comprado una semana antes de su boda; claramente, con intención de impresionarla. Y lo había conseguido.

No era el ático, sino el piso inferior al ático, enorme y con terrazas a su alrededor que gozaban de unas vistas fantásticas. Los ventanales del cuarto de estar principal daban al puente del puerto y, a cierta distancia, se veía la Casa de la Ópera. El dormitorio principal gozaba de las mismas vistas.

El piso contaba con dos dormitorios de invitados, aparte del principal, cada uno con cuarto de baño privado. También tenía dos cuartos de estar, un cuarto con cine, otro cuarto de baño, un gimnasio y una cocina lo suficientemente grande para permitir moverse a sus anchas a los empleados de la empresa de catering que ella solía contratar cuando daba fiestas en casa; últimamente, una vez al mes como mínimo.

Cuando Sarah entró en el piso, se detuvo en el amplio vestíbulo de suelos de mármol y recordó lo mucho que le había impresionado esa casa la primera vez que puso los pies allí. A pesar de provenir de una familia de clase media, el tamaño y el lujo de los espacios de aquella propiedad la habían sobrecogido.

Sarah echó a andar por un pasillo enmoquetado para ir al dormitorio principal. Al entrar en lo que había sido la pieza que más le gustaba de toda la casa, evitó mirar la cama, no quería recordarla el sábado por la mañana, con las sábanas manchadas de aceite y el pañuelo azul sobre el cabecero. Sin embargo, no pudo evitar recordar, con un estremecimiento de placer, el momento en que Scott le ató las muñecas con el pañuelo y cómo despés de cubrirle el cuerpo con aceite se dispuso a demostrarle su conocimiento sobre los sueños eróticos de algunas mujeres.

«Deja de pensar en el viernes pasado», se ordenó a sí misma. «¡Agarra tus cosas y márchate!».

Sarah apresuró los pasos sobre la espesa alfombra color crema y entró en el vestidor, del que sacó las dos maletas grandes que habían llevado a Hawái en su viaje de luna de miel.

En Hawái habían sido felices, muy felices. Quizá había sido solo un espejismo, una ilusión. Quizá los rumores sobre Scott y Cleo eran ciertos.

No, no podía ser, se negaba a creer eso. No lo había creído cuando se lo contaron y no iba a creerlo ahora.

«Pero, si no lo creías, ¿por qué fuiste corriendo al baño del hotel y vomitaste después de que el investigador privado te dijera que no había descubierto ninguna prueba de que Scott y Cleo estuvieran manteniendo relaciones?».

La verdad era que sí había creído los rumores. Estaba acostumbrada a creer que la mayoría de los maridos engañaban a sus esposas y que estas solían perdonarles. No sabía qué habría hecho si el investigador privado le hubiera presentado pruebas de que Scott y Cleo mantenían relaciones. ¿Se habría enfrentado a él? ¿Le habría dejado? ¿Iba a dejar a Scott ahora?

Evidentemente, su marido creía que le había sido infiel y, casi con toda seguridad, querría el divorcio. Scott lo veía todo en blanco y negro, lo que era una de sus virtudes y uno de sus defectos. Aunque admiraba su rectitud, honestidad e integridad, para él no había ambigüedades. Scott no perdonaba fácilmente si creía que le habían traicionado, y estaba convencido de que ella le había engañado.

Sarah decidió abandonar aquellos inquietantes pensamientos y, al darse la vuelta para sacar los vestidos de las perchas, se vio reflejada en el espejo de la pared del fondo del vestidor. ¡Qué horror, tenía un aspecto terrible! Su pelo era un desastre y, de repente, sintió la urgente necesidad de lavárselo y echarse el magnífico suavizante que tenía. Además, no había peligro de que Scott se presentara en la casa de improviso y la sorprendiera desnuda en la ducha.

No obstante, se dio prisa, quería salir de allí lo antes posible.

Capítulo 3

CUANDO Scott vio el coche de Sarah en el aparcamiento de su casa, la frustración que había sentido al no encontrarla en casa de Cory aumentó. Sarah no había faltado al trabajo por motivos de salud, sino para ir allí a recoger su ropa y cualquier cosa que se le antojara mientras él, supuestamente, estaba en la oficina. Conocía a muchos hombres a quienes les había ocurrido exactamente eso: al volver a casa, se habían encontrado con que sus esposas la habían vaciado.

Subió en el ascensor y entró furioso en la casa; pero, al instante, notó que no faltaba nada. Los cuadros seguían adornando las paredes y los demás artículos de decoración estaban en su sitio.

Sin embargo, al gritar el nombre de ella, no obtuvo respuesta.

¿Y si le había devuelto el coche que él le había regalado y se había marchado en taxi a quién sabía dónde?

La idea de que Sarah se hubiera ido para siempre, sin darle la oportunidad de descubrir la verdad, le hizo sentirse enfermo.

Fue entonces cuando, vagamente, oyó el ruido de la ducha en la distancia. Se dirigió inmediatamente a la habitación y, una vez allí, vio que la puerta del baño estaba cerrada. Sarah se estaba dando una ducha.

Además de alivio, le embargaron otras muchas emociones al tiempo que se preguntaba: ¿Deseaba Sarah una reconciliación? ¿Esperaba que él la perdonara?

Al desviar la mirada vio que la puerta del vestidor estaba abierta. Se acercó y cerró las manos en dos puños al ver dos maletas en el suelo. Al parecer, Sarah no buscaba la reconciliación. Bien, lo único que él quería y exigía era una explicación.

Durante el fin de semana había reconocido que últimamente había descuidado a Sarah; se había ausentado con frecuencia y no le había prestado suficiente atención. Prueba de ello había sido el comportamiento de Sarah el viernes por la noche, había parecido otra mujer: abandonada, lasciva y atrevida. La clase de mujer que cualquier hombre desearía y que un marido no podría olvidar.

Scott lanzó un gruñido ante la posibilidad de que Sarah hubiera estado pensando en otro mientras hacía el amor con él el viernes. Podía haber estado pensando en el hombre con el que se había reunido al mediodía y con el que, posiblemente, se reunía cada vez que él salía de viaje de negocios.

Con esos oscuros pensamientos, Scott se despojó de la chaqueta y la corbata, se desabrochó el botón superior de la camisa, se quitó los zapatos y se tumbó en la cama. Sentía nudos en el estómago mientras esperaba a que aquella mujer infiel saliera del baño; sin embargo, mentalmente, su actitud era dura y fría.

Sarah se secó rápidamente y se puso la bata de seda rosa que colgaba de la percha de la puerta del

baño. No era una prenda excesivamente atrevida, sino
bonita y estilo kimono. Se secó el cabello con su se-
cador, mucho mejor y más eficaz que el de Cory. Y
con mejores resultados, pensó mientras se pasaba los
dedos por sus largos y sedosos bucles rubios antes de
abrir la puerta.

Se sobresaltó al ver a Scott tumbado en la cama.
Tenía las manos detrás de la cabeza y las piernas
cruzadas a la altura de los tobillos; parecía relajado,
pero su mirada gris era gélida.

–Ya veo que no tienes pensado quedarte –murmuró él con voz tan fría como sus ojos.

Sarah no sabía qué decir, el miedo le había secado la
garganta y el corazón le latía con fuerza. Scott nunca le
había dado miedo... hasta ese momento.

–No –respondió ella con una voz que parecía un
graznido–. Solo he venido a... por mi ropa.

Scott descruzó las piernas y se sentó bruscamente.

–No tienes por qué tener miedo, Sarah. Yo jamás
te haría daño. Creía que lo sabías.

–El viernes por la noche me hiciste daño –le espetó ella.

–Vamos, sabes que eso no es verdad –contestó
Scott poniéndose en pie–. Lo pasaste como nunca. Así
que, por favor, no añadas la hipocresía al adulterio.

Sarah alzó la mano para darle una bofetada, pero
Scott la agarró antes de que pudiera pegarle.

–Vamos, Sarah, tratemos de comportarnos como
adultos, ¿te parece?

Momentáneamente, Sarah creyó que Scott iba a
estrecharla en sus brazos. Cuando la soltó, no sabía
si se sentía aliviada o decepcionada.

–Te sugiero que te pongas algo más de ropa y que

vayamos a un sitio menos... peligroso. Me cuesta concentrarme teniéndote delante casi desnuda. En esos momentos, y a pesar de todo, solo puedo pensar en lo mucho que te deseo.

La confesión de Scott la dejó perpleja, pero lo peor era lo mucho que ella también le deseaba. No comprendía por qué quería abrazarse a él y besar esos duros y furiosos labios.

Scott la miró fijamente y, de repente, le puso las manos en los hombros y la atrajo hacia sí.

Sarah sabía que debería habérselo impedido, pero no lo hizo. Se limitó a gemir mientras él la besaba brutalmente, con sus labios y sus caderas traicionando su deseo.

Una locura. Aquello era una locura; sobre todo, sabiendo que Scott aún creía que ella le había sido infiel. Pero en ese momento no le importaba. Lo único que contaba era vivir el momento. Y en ese momento estaba aún más excitada que el viernes por la noche.

Sarah respondió con frenesí, diciéndole sin palabras que aún le pertenecía, a pesar de lo que él creyera.

Cuando Scott dejó de besarla, Sarah, lanzando un gemido de protesta, le miró con ojos turbios.

–Oh, Sarah... –gruñó Scott.

Y la besó de nuevo, haciéndola perder la razón con la furia de su pasión. Con los labios pegados a los suyos, Scott le quitó la bata, mientras ella temblaba violentamente, y no de frío.

Scott le agarró la melena, se la alzó y tiró de su cabeza hacia atrás; después, se la quedó mirando.

–No creas que esto significa que te perdono –le espetó él.

–No he hecho nada que requiera tu perdón –logró contestar Sarah.

Pero él se echó a reír y después la besó una vez más. La besó y la tocó hasta acallar cualquier posible protesta o explicación. Y, cuando la alzó en sus brazos y la dejó tumbada de costado encima de la colcha plateada, ella se quedó allí, sin moverse, temblando de deseo mientras él se desnudaba. Después, Scott se colocó encima de ella, la penetró y ella, entre gemidos, abrió las piernas para luego abrazarle la cintura con ellas.

Sarah se movió al ritmo marcado por Scott, gritó el nombre de él y así llegó al punto en el que su carne se quebró alrededor del miembro de Scott. Y chilló de placer mientras su cuerpo se sacudía espasmódicamente.

Pero, cuando el placer del éxtasis comenzó a evaporarse, recuperó el sentido común y se dio cuenta de lo que acababa de hacer.

–¡Oh, Dios mío! –exclamó Sarah con voz queda.

¿Cómo se le había ocurrido hacer eso? ¿Y por qué había disfrutado tanto? Al menos, el viernes por la noche no había sido consciente de la existencia de esas fotos ni de lo que Scott pensaba.

El rostro de Scott mostró una momentánea confusión antes de que sus ojos se tornaran fríos y distantes una vez más. Entonces, se apartó de ella bruscamente y, sin mirarla, se levantó y se vistió. Después, agarró la bata de ella y, con expresión burlona, se la tiró.

–Voy a la cocina a preparar café. Vístete y ven. Tenemos que hablar.

Sarah se vistió mientras pensaba en cómo hacerle

comprender que no podía vivir con un marido que no creería lo que iba a decirle. ¡Ella no quería el perdón de Scott, quería que Scott confiara en ella!

Encontró a su marido desnudo de cintura para arriba revolviendo en la cocina. ¡Qué hombre! ¡Qué músculos, qué espalda, qué brazos, qué pecho! Al principio de conocerle, su altura y envergadura le había intimidado, pero solo hasta el momento en que Scott le demostró lo tierno y cariñoso que podía llegar a ser. Después, se había sentido completamente segura en los brazos de él. Pero ya no. Ya no le inspiraba confianza ni seguridad. Ahora, cuando le miraba, sentía un temor peligrosamente excitante. Scott era peligrosamente excitante. Se preguntó si eso era lo que había sentido su madre por el mujeriego de su marido.

Sarah sacudió la cabeza como si así quisiera deshacerse de esos pensamientos.

–¿Por qué no estás en la oficina? –preguntó ella bruscamente mientras se sentaba en uno de los taburetes de la barra del desayuno.

Scott se volvió con dos tazas de humeante café y las dejó en el mostrador.

–No podía trabajar, así que fui a buscarte –contestó Scott–. Como no te encontré en casa de Cory, vine aquí.

Sarah se negó a sentirse halagada.

–Podías haberme llamado.

–¿Crees que no lo he intentado? Has tenido apagado el móvil todo el fin de semana. Y hoy, al llamarte otra vez, estabas comunicando.

Sarah bajó los ojos y los clavó en la taza de café.

–Debió de ser cuando estaba hablando con Cory.

–¿No con Philip Leighton?

Sarah, abriendo mucho los ojos, alzó el rostro y miró a Scott fijamente.

–No te hagas la inocente conmigo, Sarah. Sé quién es el hombre de las fotos.

La confusión que ella había sentido se tornó en ira.

–Has hecho que investigaran esas fotos, ¿verdad?

–¿Esperabas otra cosa? –le espetó Scott–. Te negaste a decirme nada, a darme una explicación.

–Te lo habría contado todo si me hubieras enseñado las fotos nada más llegar a casa. Pero no lo hiciste. Primero, te saciaste conmigo.

–¿No se te ha ocurrido pensar que quizá me distrajera la pasión de tu bienvenida? –inquirió Scott con una fría ira asomando a sus ojos–. Y tus mentiras.

–¿Mis mentiras? ¿Qué mentiras? –preguntó Sarah sin comprender.

–El viernes me dijiste que al mediodía habías ido a comprarme un regalo especial para celebrar nuestro aniversario –explicó él con dureza–. Pero yo sabía que, en realidad, al mediodía estabas en el bar de un hotel con otro hombre.

Sarah enrojeció de ira.

–Te compré un regalo –insistió ella–. En la boutique del hotel donde no hice nada de lo que pueda avergonzarme nunca. Te lo puedo enseñar si quieres.

–Ya es un poco tarde para eso, ¿no crees? A menos que esté completamente equivocado, solo nos queda el divorcio. Lo único que puedo decir es que siento un gran alivio de que hubiéramos decidido esperar un par de años para tener hijos. ¡Cuánto me alegro de que exista la píldora!

A Sarah casi se le paró el corazón cuando Scott

mencionó la píldora, no recordaba cuándo había sido
la última vez que la había tomado. ¿La semana anterior, un mes atrás?

Palideciendo visiblemente, Sarah lanzó un gruñido.

–¿Qué pasa? –dijo Scott mirándola furioso–. ¿Qué
es lo que pasa?

Capítulo 4

SARAH se había desmayado un par de veces en la vida y en ninguna de las dos ocasiones había sido una experiencia placentera. Al darse cuenta de que iba a perder el conocimiento, se bajó del taburete, se sentó en el suelo y bajó la cabeza.

–¿Qué demonios estás haciendo? –oyó decir a Scott en tono de alarma–. ¿Te encuentras mal?

Scott se agachó a su lado y añadió:

–¿Quieres que pida una ambulancia por teléfono?

–No –logró contestar ella.

Era solo el susto y quizá también la falta de alimento. No había desayunado. Tampoco había almorzado. El día anterior, Cory la había obligado a comer; pero ese día, sin Cory, se había descuidado.

–Estaré bien en un minuto –dijo ella con voz temblorosa–. Solo estoy un poco mareada, nada más. Si quieres ayudarme, hazme una tostada y pon mucha miel.

–Una tostada –repitió Scott desconcertado.

No obstante, se puso en pie y Sarah supuso que iba a hacer lo que ella le había pedido.

Por fin, Sarah se encontró con fuerzas suficientes para levantarse y volverse a sentar en el taburete; después, agarró la taza de café con las dos manos. Pero temblaba por dentro, aún no lograba asimilar las posibles repercusiones de no haber tomado la píldora. Se decía que el destino era cruel; pero eso no tenía nada que ver con el destino, sino con su propia estupidez.

Sarah contuvo un gruñido al pensar que podía haber concebido el viernes por la noche. La idea era horrorosa. La concepción debía responder a un acto de amor, no a unos celos ciegos. O podía haber concebido ese mismo día, hacía un rato, lo que no era maravilloso, pero sí mejor que el viernes. Ahora, al menos, conocía la situación.

Sarah sacudió la cabeza. No, no había sabido lo que se hacía. Había dejado que Scott la manipulara.

Desvió la mirada y clavó los ojos en las manos de Scott mientras él untaba mantequilla antes de poner miel en la tostada. Scott tenía las manos grandes y con callos, no siempre había sido un trajeado hombre de negocios.

–¿Te encuentras mejor? –le preguntó Scott al dejar el plato con la tostada delante de ella.

–Sí, gracias –respondió Sarah evitándole la mirada. Entonces, comió y bebió café.

–Sarah, creo que ya es hora de que me digas qué pasó exactamente el viernes al mediodía en el hotel. Y quiero la verdad.

Sarah dejó la taza de café en la encimera de granito blanco, respiró hondo y después miró a Scott.

–Fui al hotel con Phil a reunirme con un investigador privado que tenía información sobre ti.

–¿Sobre mí?

–Sí, sobre ti, Scott. Esa mañana, Phil vino a hablar conmigo para decirme que sabía de buena tinta que tú estabas manteniendo relaciones con Cleo, tu secretaria.

–¿Qué? ¡Eso es ridículo y lo sabes perfectamente!

Pero Sarah no se dejó intimidar por su marido.

–¿Lo es? Cleo es una mujer muy atractiva y se ha quedado viuda.

Enfadado, Scott enrojeció.

–No tengo ni he tenido relaciones con Cleo. En cuanto a lo de ser una viuda, debo aclararte que Cleo sigue enamoradísima de su difunto esposo. No se le ocurriría mirar a otro hombre, así que mucho menos acostarse con otro.

–¿Cómo sabes tú eso?

Scott pareció completamente desconcertado.

–Pues... no sé. ¡Simplemente, lo sé!

–Lo sabes porque hablas con ella –señaló Sarah agudamente–. Cosa que no sueles hacer conmigo.

–¡Por el amor de Dios, Sarah, hablamos de negocios, no de cosas personales! Pasamos mucho tiempo juntos.

–De eso ya me he dado cuenta –respondió Sarah irónicamente.

–Creo que nos estamos desviando de la cuestión, que son las fotos.

–A eso iba. Se suponía que iba a reunirme con el detective privado en el bar del hotel, pero el detective no apareció. Pero, mientras le esperábamos, el detective llamó a Phil para decirle que estaba vigilando a alguien desde la ventana de una de las habitaciones del hotel y nos pidió que, en vez de bajar él, subiéramos nosotros.

Scott le lanzó una escéptica mirada.

–Eso no tiene sentido, Sarah. ¿Por qué no te dijo lo que tenía que decirte por teléfono?

–Phil dijo que al detective no le gustaba dar información confidencial por teléfono; sobre todo, cuando se trataba de gente conocida.

Scott lanzó un gruñido.

–¿Así que ahora, además de adúltero, soy conocido?

Sarah sintió un profundo calor en las mejillas.

–Sé que no eres adúltero, Scott. El detective me dijo que no había nada que indicara que estuvieras manteniendo relaciones con Cleo... ni con ninguna otra mujer. Llevaba vigilándote durante semanas y...

–¿Que me ha estado vigilando durante semanas? ¿Qué demonios es esto? ¿Quién ha contratado a ese tipo? Ah, entiendo, ha sido Leighton, ¿verdad?

–Bueno, sí, ha sido él. Escucha, sé que todo esto es muy extraño, pero no fue idea mía. Phil es un abogado especializado en divorcios y, después de oír esos rumores, estaba preocupado por mí. Le pidió al detective privado con el que suele trabajar que te investigara; pero, por supuesto, sin que yo supiera nada.

–¿A la búsqueda de más clientes? ¿O algo más que eso?

–¿Qué quieres decir?

–Sarah, ¿no te has preguntado quién me envió esas fotos? Si lo que dices es verdad, eso de hacer que fueras al hotel y luego hacerte subir a una de las habitaciones era una trampa. Dime, ¿estaba el detective privado en la habitación cuando fuiste?

Sarah frunció el ceño.

–No... al principio, no. Había dejado una nota diciendo que había tenido que salir para seguir a alguien, pero que volvería al cabo de unos minutos. Tardó un rato en llegar.

–El tiempo suficiente para hacer que pareciera que habías estado en la cama con Leighton.

–Pero eso significa que... que...

–Que Leighton es la persona que ha tramado todo esto –concluyó Scott.

–Pero... ¿por qué?

–¿Por qué crees tú? Posiblemente está enamorado de ti.

–No, eso es ridículo –respondió ella con vehemencia.

Cierto que Phil la había invitado una vez a cenar, pero solo una vez. Y aunque a ella le gustaba su compañía, no había química entre los dos; al menos, por su parte.

–Te equivocas –insistió Sarah con firmeza–. Tiene que ser otra persona. Puede que haya sido una mujer que está enamorada de Phil y que, movida por los celos, nos ha seguido.

–¿Y cómo explicas que supiera el número de mi móvil?

–A nadie de mi trabajo le costaría mucho averiguar tu número de móvil, Scott. Estará en las fichas del personal.

–Es posible, desde luego, pero creo que se trata de algo más sencillo, Sarah.

–¿Qué?

–Que tienes una relación amorosa con uno de tus compañeros de trabajo.

La falta de confianza en ella fue como una bofetada. Sarah cerró los ojos y sacudió la cabeza.

–Es bien sabido que una aventura amorosa puede potenciar la libido de una mujer aburrida –continuó él cruelmente–. El viernes por la noche parecías otra mujer. Igual que hoy. La virgen con la que me casé jamás se habría comportado así.

Sarah abrió los ojos y su decepción se tornó en ira.

–Si eso es lo que crees... lo siento por ti –le espetó ella.

–En ese caso, ¿cómo lo explicarías tú?

–¿Quieres la verdad?

–Es lo único que quiero.

–Cuando me dijeron que tenías relaciones con Cleo, no quise creérmelo; sin embargo, no pude evitar que el pánico se apoderase de mí. Mientras esperaba el informe del detective privado, empecé a pensar que quizá te estuvieras aburriendo conmigo en la cama, que quizá solo te hubieras casado conmigo porque era virgen. Pero, cuando me enteré de que todo eran rumores infundados, vomité de alivio.

–Dios mío, Sarah.

–Sí, lo sé. Sin embargo, cuando tú creías que yo te estaba engañando con otro, viniste a casa y me devoraste. Lo que demuestra que los hombres se comportan de forma muy distinta a como se comportan las mujeres.

Scott se ensombreció al recordar su comportamiento del viernes por la noche.

–Siento cómo me porté después.

–¿En serio? No lo parece. ¡Hoy sigues creyendo que he tenido relaciones amorosas con otro y mira el resultado! Es una locura.

De repente, Sarah sintió la necesidad de alejarse de allí. Tenía que pensar. Tenía que reflexionar sobre lo que iba a hacer a partir de ese momento.

–Voy a irme, Scott. Y te sugiero que no intentes impedírmelo.

Scott enderezó los hombros y achicó los ojos.

–¿Tienes pensado irte para siempre?

–Todavía no lo sé. A ver qué pasa.

–¿Qué significa eso exactamente?

–Significa que necesito estar sola durante un tiempo, Scott. Necesito pensar y ver qué voy a hacer.

–No quiero que te vayas –protestó él–. Sarah, siento lo que he hecho. Siento haberme comportado como un imbécil. Pero ya está todo claro, no es necesario que te vayas. Todavía nos queremos, ¿no?

–No –respondió Sarah venciendo la tentación de aceptar las disculpas de su marido y quedarse–. Scott, la verdad es que no nos conocemos. Nos casamos precipitadamente. Lo que hay entre nosotros es sexo. Y eso no es suficiente para mí. Yo necesito un marido que me quiera de verdad, que confíe en mí incondicionalmente.

–Pides demasiado.

–Es posible, pero me niego a conformarme con menos –su madre lo había hecho y... ¿cómo había acabado? Muerta a los cuarenta y cinco años.

–Tú no confiaste en mí incondicionalmente –señaló él–. En el fondo, creías que estaba teniendo relaciones con Cleo.

El sentimiento de culpabilidad la hizo ruborizarse.

–En ese caso, tengo tanto que reprocharme como tú. No es una buena base para un matrimonio –ni para ser padres, pensó ella con pesar.

Por supuesto, podía ser que no se hubiera quedado embarazada, pero no estaba dispuesta a poner la mano en el fuego.

Con tristeza, Sarah se bajó del taburete, enderezó los hombros y miró a los ojos a su marido.

–Voy a recoger mis cosas y me iré, Scott. Y, por favor, no trates de impedírmelo.

Scott esbozó una cínica sonrisa.

–¿De qué serviría? Está visto que has tomado una decisión y que quieres irte. Evidentemente, no estás dispuesta a cumplir los votos del matrimonio.

–Si continúas por ese camino, Scott, no creo que lleguemos jamás a reconciliarnos.

–Y, si tú sigues trabajando en el mismo bufete de abogados que ese hombre, lo mismo digo.

Sarah se quedó perpleja.

–¿En serio esperas que deje mi trabajo?

–Lo harás si quieres que te permita volver.

La arrogancia de Scott la dejó boquiabierta.

–¿Permitirme volver? ¿Te das cuenta de lo que acabas de decir, Scott? Soy yo quien va a decidir si volver o no. Y, en este momento, es no.

A pesar de que tenía el corazón destrozado, alzó la barbilla y le lanzó una mirada desafiante.

–Voy a estar en casa de Cory. Te informaré de mi decisión cuando la tome.

Scott se sentó en la silla más próxima cuando Sarah salió del piso, pero no intentó detenerla. Sabía que se había comportado como un Neanderthal, pero ya era tarde para echarse atrás. ¿Conocía a Sarah realmente?

De repente, se sintió impotente y abandonado. Había querido que su traicionera esposa le dejara y eso era lo que ella había hecho. Por lo tanto... ¿por qué se sentía como si hubiera cometido el mayor error de su vida?

Capítulo 5

MEDIA hora después, Scott fue a ver qué era lo que Sarah se había llevado. Más o menos toda su ropa, menos unos vestidos de fiesta.

Con el corazón encogido, se pasó las manos por el cabello y lanzó un juramento. No se podía creer lo que le estaba ocurriendo. Habían sido felices. La quería. Y ella todavía le amaba, al margen de lo que hubiera dicho. ¡Era una pesadilla!

El gemido que lanzó le salió de lo más profundo de su ser al enfrentarse al hecho de que Sarah le había abandonado. Una cosa era hablar del divorcio y otra muy distinta hacerle frente a la realidad.

«Esta casa está vacía sin ella», pensó con desesperación mientras se paseaba por el dormitorio. Se detuvo a los pies de la cama y se quedó contemplando la ropa arrugada y la hendidura que el cuerpo de Sarah había dejado marcada. Parecía imposible que apenas una hora antes hubieran hecho el amor apasionadamente.

Scott no creía lo que Sarah había dicho respecto a que entre ellos no había amor, solo sexo. Había estado con muchas mujeres y lo que sentía por Sarah era completamente distinto. Se enamoró de ella en el momento en que la vio por primera vez. La amaba y la deseaba como un poseído.

¡E iba a recuperarla! Se juró a sí mismo mientras recorría el pasillo en dirección al lugar en el que pensaba mejor: el gimnasio.

Durante el último año, cada vez que tenía problemas con el trabajo, y había ocurrido en numerosas ocasiones, iba allí, al gimnasio, se subía en la bicicleta estática y se ponía a pedalear. Así, pedaleando a un ritmo constante, no excesivamente rápido, analizaba los problemas y nunca tardaba demasiado en esbozar un plan de acción para solucionarlos.

No obstante, en esa ocasión, Scott no era tan optimista respecto a obtener un resultado exitoso. Había acabado asumiendo que su comportamiento el viernes por la noche había sido menos que aceptable. Por otra parte, ese mismo día se había portado mal con Sarah y había permitido que su genio y su ego se impusieran a la razón. Sarah tenía más motivos que él para estar furiosa.

Scott sospechaba que tenía tantas probabilidades de que Sarah le perdonara como de mantener la refinería de níquel abierta. Pero tenía que intentarlo o se volvería loco.

Se puso la ropa de hacer gimnasia, se subió a la bicicleta estática y comenzó a pedalear.

A pesar de saber que todavía amaba a Sarah, ella le tenía muy frustrado. ¿Por qué se negaba a reconocer que había sido Philip Leighton el causante de aquella pesadilla? A él le resultaba obvio. ¿Por qué Sarah se negaba a verlo?

Evidentemente, Leighton era muy astuto; además, iba a intentar evitar que él recuperara a Sarah. Si ella continuaba trabajando con Leighton, él tendría muchas oportunidades para envenenarle la mente o para idear algún otro plan con el fin de destruir su matrimonio.

Scott lanzó un gruñido de desesperación al darse cuenta de que nunca conseguiría hacer que Sarah dejara su trabajo. Por otra parte, Leighton no era el único problema, también estaba el hecho de que ninguno de los dos confiaba en el otro.

No obstante, no soportaba la idea de que Leighton estuviera aprovechando el momento para ganarse el afecto de Sarah. Si él quería salvar su matrimonio tendría que hablar con Leighton, de hombre a hombre.

Alzó el rostro y miró el reloj, las cuatro y veinte. Se bajó de la bicicleta, agarró el móvil y llamó.

–Goldstein y Evans –dijo la recepcionista–. ¿En qué puedo servirle?

–Buenas tardes. Soy Scott McAllister. Me gustaría ver al señor Leighton esta tarde.

–¿Es usted cliente suyo? –evidentemente, la recepcionista no había reconocido su apellido.

–No, no le he visto en mi vida.

–Lo siento, el señor Leighton está ocupado el resto de la tarde. Si quiere, puedo arreglarle una cita para finales de la semana.

Scott esbozó una burlona sonrisa.

–No, imposible, tengo que ver a Leighton hoy mismo. Es urgente. Estoy seguro de que querrá verme si le dice quién soy.

–¿Le importaría explicarme el motivo por el que quiere ver al señor Leighton?

–No. Es un asunto personal.

–Personal...

–Sí. Dígale que estaré ahí a las cinco y media –tras esas palabras, Scott cortó la comunicación.

Después de darse una ducha, se vistió con un traje negro, camisa blanca y corbata roja. Sarah, después de su matrimonio, había mejorado su vestuario, alegando que, si quería que los políticos y los hombres de negocios le tomaran en serio, debía cuidar su imagen. Y eso era lo que hacía ahora. Por otra parte, tampoco quería sentirse inferior delante del tipo al que iba a ver; en las fotos, había visto lo elegante que iba el abogado. Sí, muy elegante. Él, por su parte, sabía que nunca podría parecer elegante; era demasiado alto, tenía los hombros demasiado anchos y era demasiado grande. Pero su aspecto impresionaba e intimidaba, y también era sumamente rico.

Una última mirada en el espejo le dejó satisfecho. Sabía que no era guapo, pero tampoco feo. Sus rasgos eran simétricos, tenía la nariz recta y los ojos, igual que los de su padre, aparentemente muy sensuales. Sus espesos cabellos castaños eran rebeldes, por ese motivo llevaba el pelo siempre muy corto.

Se puso el reloj de pulsera, un Rolex, agarró la billetera y las llaves y se fue a enfrentarse a un enemigo que no iba a subestimar. Sabía que ver a Leighton encerraba un riesgo, pero era aún más arriesgado quedarse de brazos cruzados y no hacer nada. Sarah estaba muy disgustada, lo que la hacía vulnerable a un hombre como Leighton.

La secretaria de Leighton alzó el rostro para mirarle y sus ojos castaños mostraron curiosidad. Él se preguntó si la secretaria conocería a Sarah y si sabría que él era su marido.

–¿El señor McAllister? –dijo ella sonriendo al tiempo que se ponía en pie.

–El mismo –Scott le devolvió la sonrisa.

–Acompáñeme. El señor Leighton me ha dicho que le llevara a su despacho tan pronto como llegara.

Leighton era más guapo en persona que en las fotos. Guapo, elegante y seguro de sí mismo. Se acercó y le ofreció la mano con una deslumbrante sonrisa.

–Encantado de conocerte por fin, Scott –dijo Leighton estrechándole la mano–. Sarah me ha hablado mucho de ti.

–¿En serio? Sin embargo, a mí no me ha hablado de ti –contestó Scott, perdiendo algo del control de sí mismo del que se enorgullecía.

Un error que hizo que Leighton arqueara las cejas como si le sorprendiera la actitud de su visita.

–Ah, ya –dijo Leighton–. Dime, ¿has venido para hablar como posible cliente?

«Eso es lo que te gustaría», pensó Scott. Pero se mordió la lengua a tiempo.

–No, en absoluto –respondió Scott con placer–. He venido a pedirte una explicación respecto a estas fotos que me enviaron el viernes al mediodía.

Leighton frunció el ceño mientras ojeaba las fotos. Después, miró a Scott con expresión de aparente sorpresa.

–¿Ha visto esto Sarah? –fue lo primero que Leighton preguntó.

–Por supuesto.

–¿Y qué ha dicho?

Scott repitió la explicación que Sarah le había dado, permitiendo que Leighton creyera que él le había enseñado esas fotos a su esposa el viernes por la noche, no que había esperado a la mañana siguiente para hacerlo.

–¿Y has creído la explicación de Sarah? –preguntó Leighton aparentando sorpresa.

–Por supuesto –contestó Scott, ignorando el sentimiento de culpabilidad que acompañó a esa mentira–. Sarah jamás me mentiría.

–No, claro que no –dijo aquel sinvergüenza con una sonrisa–. Si Sarah ha dicho que eso es lo que ocurrió, entonces es lo que ocurrió.

Scott adoptó su mejor cara de póquer.

–Fuiste tú quien me envió esas fotos –declaró Scott controlando el tono de voz, a pesar de lo furioso que estaba. A un enemigo no se le debía permitir ver las debilidades de uno, y perder los estribos era una debilidad.

A Leighton le sorprendió claramente lo inesperado de aquella acusación.

–¿Por qué iba a hacer yo semejante cosa?

–El porqué es evidente –respondió Scott con suavidad–. Deseas a mi esposa y estás dispuesto a hacer cualquier cosa por poseerla, incluso tenderle una trampa para que parezca que tiene relaciones contigo.

Leighton tuvo el atrevimiento de sonreír abiertamente.

–Deberías tener más cuidado con lo que dices delante de un abogado. Podría entenderse como difamación.

Sí, era un sinvergüenza muy astuto. Pero Scott estaba preparado.

–No me amenaces, Leighton –dijo Scott con voz fría–. En cuarenta y ocho horas sabré todo lo que hay que saber sobre ti. Conoceré todos tus sucios secretos.

De repente, Leighton no pareció tan guapo ni mostró tanta confianza en sí mismo.

—Yo... yo no he hecho nada de lo que deba avergonzarme. Y tú no eres más que un paleto, McAllister. Sarah estaría mucho mejor sin ti. ¿Acaso crees que no me he dado cuenta de lo que debió de pasar cuando viste esas fotos y el texto? No has creído las explicaciones de Sarah. Fuiste a tu casa y le hiciste algo horrible. Ese debe de haber sido el motivo por el que no ha venido hoy a trabajar. Quizá tenga un ojo morado o algo peor.

—Yo jamás pegaría a Sarah —declaró Scott con fría furia, aunque estaba a punto de pegar a ese tipo.

Sin embargo, era verdad que no se había creído la explicación de Sarah y que tendría que ganarse a pulso el perdón de ella. Entretanto, ese manipulador no iba a desaparecer, pero acababa de traicionarse a sí mismo.

—¿Cómo sabes que había un texto con las fotos? —preguntó Scott—. He borrado el texto antes de venir aquí.

Leighton se limitó a sonreír.

—¿Qué texto? No sé nada de ningún texto. Y ahora, creo que este encuentro ha llegado a su fin —declaró el abogado con arrogancia—. A menos, por supuesto, que tengas algo más que decirme.

—Mantente alejado de mi esposa —dijo Scott sonriendo.

—Eso dependerá de Sarah, ¿no te parece? —comentó Leighton con una sonrisa burlona—. ¿O vas a prohibirle ver a quien ella quiera? Eso es lo que suelen hacer los maridos maltratadores.

–Eres hombre muerto, Leighton –declaró Scott antes de poder contenerse.

Furioso consigo mismo por haber cometido semejante estupidez, Scott se dio media vuelta y salió por la puerta. No se permitió la satisfacción de ver el miedo que asomó a los ojos de Leighton ni cómo le temblaban las piernas al dejarse caer en su asiento.

Capítulo 6

A VER SI lo he entendido –dijo Cory mientras dejaba la comida china en el piso de arriba, en la barra de la cocina–. Scott estaba allí cuando saliste de la ducha, hicisteis el amor para hacer las paces, no hicisteis las paces; a pesar de que, aunque le costó creerte cuando le contaste lo que ocurrió el viernes al mediodía, al final lo hizo. ¿Lo he entendido?

–No hicimos el amor para hacer las paces, fue solo sexo –declaró Sarah con vehemencia.

–Ya. Pero eso no es propio de ti, cielo –Cory sacudió la cabeza.

–No –dijo ella a punto de echarse a llorar otra vez–. No sé qué me está pasando. Desde el viernes por la noche no hago más que pensar en hacer el amor con ese sinvergüenza.

Cory arqueó las cejas.

–¿En serio? ¡Vaya! En ese caso, ¿cuál es el problema? ¿Por qué estás aquí en vez de en tu casa, en la cama, con Brutus?

–No lo entiendes, Cory. Me casé con Scott porque estaba enamorada de él y creía que él también me quería. Pero ahora no estoy segura de que me haya querido nunca.

–Eso es una tontería. Siempre ha estado loco por ti.

–Eso no es lo mismo que querer a alguien. Si me quisiera de verdad confiaría en mí y me respetaría más. El viernes no me mostró ningún respeto.

–Vamos, Sarah, sé razonable. El pobre hombre se moría de celos, hay que entenderlo.

–¿Así que ahora es el pobre hombre?

–Sarah, estoy haciendo de abogado del diablo. Venga, vamos a comer antes de que se nos enfríe la cena. ¿Qué te parece el vino?

Sarah se llevó la copa a los labios antes de recordar que quizá estuviera embarazada. Entonces, dejó la copa en la barra.

–¿Qué pasa? –preguntó Cory inmediatamente–. ¿Está avinagrado? –agarró su copa y bebió un sorbo–. No, está perfecto. Es buenísimo.

Sarah contuvo un gruñido. Todavía no le había dicho a Cory nada sobre la posibilidad de que se hubiera quedado embarazada, pero su amigo era demasiado inteligente para dejarse engañar.

–Yo... no puedo beber alcohol... hasta no saber si me he quedado embarazada o no –admitió Sarah.

Cory no disimuló su perplejidad.

–Pero... ¿no estabas tomando la píldora?

–Últimamente se me había olvidado tomarla –confesó ella, y después lanzó un pesado suspiro–. Como te he dicho, no sé qué me pasa. Es como si el cerebro se me hubiera hecho papilla.

Cory torció los labios en una mueca.

–¿Me equivoco al pensar que no le has dicho a Scott que se te había olvidado tomar la píldora?

–¿Estás loco? ¡Claro que no se lo he dicho! Ni hablar.

–¿Por qué, Sarah? Un hijo podría solucionar vuestros problemas.

Sarah volvió a suspirar.

–Cory, no se puede tener un hijo para solucionar los problemas con tu pareja. Además, eso solo serviría para complicar las cosas. Y, en la actualidad, es normal que una mujer tenga un hijo sola, sin necesidad de un compañero ni un marido.

Cory se la quedó mirando.

–¿Estás pensando en divorciarte de Scott?

La idea de divorciarse de Scott le provocó una náusea.

–Yo no he dicho eso. Pero necesito separarme de él durante una temporada y aclararme las ideas –no podía pensar con claridad cuando estaba cerca de Scott.

–Puede que eso no sea mala idea –comentó Cory pensativo–. Puede que la distancia os ayude. Y ahora, a cenar.

Sarah comió sumida en un reflexivo silencio, sin saborear el plato, pensando en otras cosas.

Un hijo, comenzó a pensar. Desde el primer momento había querido tener hijos con Scott, pero no en semejantes circunstancias. En ese caso, ¿por qué no había ido corriendo a la farmacia a comprar la píldora del día después? ¿Por qué había ido allí a llorar como una tonta?

Porque ya era demasiado tarde para otra cosa. No se acordaba de cuándo había sido la última vez que había tomado la pastilla anticonceptiva. ¡Qué desastre!

–Ya sabes que puedes quedarte aquí todo el tiempo que quieras –le dijo Cory después de cenar, mientras recogían juntos la cocina–. La obra de la casa se va a retrasar, así que puedes tomarte el tiempo que quieras.

–Gracias, cariño –Sarah le dio un abrazo a Cory–. Eres un amigo extraordinario.

–Eso es verdad –respondió él con una sonrisa.

El timbre de la puerta hizo que la sonrisa de Cory se desvaneciera.

–Si es Felix para pedirme perdón, se va a llevar un chasco.

Sarah se echó a reír.

–Sabes que, al final, siempre le perdonas.

–Eso es porque soy libra –dijo Cory encaminándose hacia las escaleras–. Ojalá fuera escorpión como tú. Si lo fuera, le invitaría a entrar, le ofrecería una copa de vino, envenenada, por supuesto, y le enviaría al otro barrio.

Scott oyó la risa de Sarah desde el otro lado de la puerta de la casa de Cory. Al parecer, su esposa no estaba muy triste, pensó con amargura. Todo lo contrario que él.

–¡Scott! –exclamó Cory al abrir la puerta–. ¡No es Felix! –gritó Cory en dirección a las escaleras–. Es Scott.

Se acabaron las risas. Solo hubo silencio.

–Entra –dijo Cory–. Sarah y yo hemos acabado de cenar. Me temo que no ha sobrado nada de comida, pero te puedo ofrecer una copa de vino...

–He venido a hablar con Sarah –dijo Scott con sequedad.

–Está arriba, en la cocina. Supongo que querrás

hablar con ella a solas, así que me voy a tomar una copa al bar de al lado.

Cory agarró una chaqueta del perchero y salió de la casa.

Scott estaba subiendo los peldaños cuando Sarah apareció en el rellano del piso superior. Estaba de brazos cruzados y con cara de pocos amigos.

—Te dije que no intentaras ponerte en contacto conmigo —le espetó ella—. Te dije que te avisaría cuando me encontrara más tranquila.

El enfado la hacía aún más atractiva, pensó Scott fijándose en las sonrojadas mejillas de ella y en el brillo de sus ojos.

Scott se metió las manos en los bolsillos e, ignorando su súbita erección, adoptó una modosa compostura.

—Supongo que querrás saber qué ha pasado con la visita que le he hecho a Leighton —dijo Scott con tranquilidad.

Sarah tomó aire sonoramente y descruzó los brazos.

—¡Qué me dices! —exclamó ella.

—¿Qué esperabas que hiciera, Sarah? ¿Creías que no iba a enfrentarme al hombre que está inmiscuyéndose en nuestro matrimonio?

—Y... ¿qué te ha dicho Phil?

—Oye, no tengo intención de continuar con esta conversación de pie en medio de la escalera. O bajas o subo.

—Ya bajo yo —dijo Sarah rápidamente.

Una vez en el acogedor cuarto de estar de Cory, Scott se sentó en el medio de un sofá de terciopelo granate y ella en el sillón adyacente.

–Bueno, ¿qué te ha dicho? –volvió a preguntar Sarah con una mezcla de angustia y curiosidad.

–Ha corroborado lo que tú me contaste –respondió Scott mirándola fijamente.

Sarah sintió un gran alivio.

–Es lógico que lo haya hecho porque es la verdad. ¿Le has enseñado las fotos?

–Sí.

–Ha debido de quedarse perplejo.

–No, no le han sorprendido en absoluto –contestó Scott con indiferencia–. No solo eso, también ha mencionado el breve texto que acompañaba a las fotos... a pesar de que yo lo había borrado.

–No... no te comprendo.

Una profunda exasperación asomó al rostro de Scott.

–¿Qué es lo que no comprendes, Sarah? Está más claro que el agua. Ha sido Leighton quien organizó todo y la persona que me envió las fotos.

–Sigue resultándome difícil de creer –dijo ella con absoluta sinceridad.

–Pues créetelo porque es la verdad.

–Pero... ¿por qué iba a hacer semejante cosa?

–Leighton es ambicioso y no tiene escrúpulos. Quiere meterse en política y, para ello, le ayudaría tener la esposa adecuada. Tú eres la perfecta candidata para ello: la imagen perfecta, modales y, además, eres inteligente. Una mujer excepcional.

Sarah ignoró los halagos y se concentró en lo importante del asunto.

–Si es verdad lo que dices, lo que ha hecho es tremendo.

–Pero ha funcionado. Me has dejado.

–No lo habría hecho si hubieras confiado en mí.

Scott lanzó un sonoro suspiro.

–Lo sé. Pero tienes que reconocer que las fotos eran incriminatorias. A cualquier hombre le habrían preocupado.

–Preocupado, sí. Pero eso no es excusa para lo que hiciste el viernes por la noche. Deberías haberme enseñado las fotos tan pronto como entraste por la puerta.

–¿Es necesario que volvamos a hablar de este asunto? –preguntó Scott tras lanzar un gruñido–. Sé que me porté mal y lo siento. Cometí un error. Ahora, lo único que tienes que hacer es volver a casa, seguro que podremos resolver nuestras diferencias. Nos queremos, Sarah. Lo sabes perfectamente. Si no, mira lo que ha pasado hoy.

¿Cómo iba a olvidarlo?

Se debatió entre un sinfín de emociones, la tentación de ignorar su amor propio y actuar al margen de los dictados del sentido común era muy fuerte: «Sí, iré contigo a casa. Sí, seguiremos como si no hubiera pasado nada».

Pero no podía hacerlo. Era justo eso lo que su madre había hecho, perdonar constantemente a su marido. Ahora, sospechaba por qué lo había hecho, el deseo sexual era algo muy potente. Pero se negaba a sucumbir, por excitante que Scott fuera. Un matrimonio no podía basarse en el sexo; para sobrevivir, el amor era imprescindible.

–No puedo hacerlo, Scott –respondió Sarah–. Todavía no estoy lista para volver contigo.

–¿Cuándo lo estarás? –preguntó Scott con voz suave.

–No lo sé. Ni siquiera sé si volveré contigo.

Sarah contuvo la respiración al ver la expresión de horror de Scott.

–No es posible que hables en serio –dijo él, claramente consternado–. Tienes que darme otra oportunidad.

Sarah hizo un ímprobo esfuerzo para no perder la compostura.

–No estoy obligada a hacer nada, Scott. Como he dicho, necesito estar sola un tiempo, lejos de ti.

Scott suspiró y se pasó las manos por los cabellos.

–De acuerdo. ¿Cuánto tiempo necesitas?

¿Cuánto tiempo? Esperaría a tomar una decisión hasta saber si estaba embarazada o no. Si iban a tener un hijo, lo mejor sería llegar a un entendimiento. Quizá el deseo sexual que parecía ser lo único que sentía por Scott se transformara de nuevo en amor.

–Dos semanas –respondió ella. Lo sabría con seguridad en dos semanas.

Scott pareció horrorizado.

–¿Dos semanas? Eso es mucho tiempo.

–No, no lo es.

–¿Y vas a ir al trabajo durante esas dos semanas?

–Por supuesto. Mañana mismo voy a ir a trabajar.

Y también vería a Phil. Sospechaba que Scott le había dicho la verdad y que Phil estaba detrás de todo aquello, pero quería hablar con él, quería oír lo que tenía que decir.

–¿Vas a trabajar con una persona que ha hecho lo que Phil ha hecho?

–Yo no trabajo con Phil, Scott –observó ella–. Trabajamos en el mismo bufete de abogados, pero si no quiero no tengo por qué verle.

–Pero querrás verle, ¿verdad? Será lo primero que hagas mañana por la mañana.

Sarah enderezó la espalda y alzó la barbilla.

–Creo que tengo el mismo derecho que tú a pedirle explicaciones. Y también debo darle la oportunidad de que me cuente su versión de los hechos.

–¡Dios mío, será mejor que me vaya de aquí antes de que haga o diga algo de lo que me arrepienta después! –exclamó Scott poniéndose en pie de un salto–. ¿Has dicho dos semanas? De acuerdo, te daré dos semanas. Pero después de dos semanas se acabó este matrimonio.

La declaración de Scott la dejó atónita. Se había imaginado que podría contar con él siempre que lo necesitara.

–Scott, yo... –Sarah se puso en pie, pero no supo qué más podía decir. Lo único que sabía era que no soportaba la forma en que Scott la estaba mirando.

–No es necesario que digas nada, Sarah, lo entiendo perfectamente. Se supone que debo sufrir por lo que he hecho. Comprendo que quieras dejarme, me porté muy mal; lo que no comprendo es que no le retires la palabra a ese indeseable que tiene la culpa de todo esto. Quieres que confíe en ti, pero te niegas a retirarle la palabra a Leighton. Empiezo a sospechar que nunca has estado enamorada de mí, quizá lo que quieres es el divorcio, un divorcio con una pensión conyugal que te permita vivir bien sin trabajar si se te antoja.

–¡Eso no es verdad! –negó ella horrorizada.

Aunque Scott no lo sabía, Sarah no necesitaba su dinero. Su madre, al morir, le había dejado dinero. ¿Cómo si no podría haberse permitido el lujo de pasar dos años viajando por todo el mundo sin necesidad de trabajar?

Por supuesto, Scott no sabía eso. No se lo había dicho... por si su matrimonio fracasaba.

Y eso era lo que había ocurrido.

—No quiero tu maldito dinero —le espetó ella.

—Entonces, ¿qué es lo que quieres?

—¡Un marido que confíe en mí! Escucha, Scott, esto es como la pescadilla que se muerde la cola. Creo que necesitamos estar cada uno por su lado durante un tiempo. Te llamaré dentro de dos semanas y entonces hablaremos.

Scott lanzó una maldición; después, sacudió la cabeza.

—Yo no necesito una separación. Quiero que vuelvas a casa, quiero que vuelvas conmigo.

—Lo siento, Scott —respondió ella con firmeza—. Creo que tengo derecho a pedir que me concedas un tiempo para reflexionar. Por favor, respeta mis deseos. Repito, te llamaré dentro de dos semanas.

Scott se la quedó mirando como si no se pudiera creer lo que estaba ocurriendo. De pronto, la perplejidad que se veía en su expresión se tornó en cólera y, rápidamente, salió de la casa y cerró de un portazo.

Sarah volvió al cuarto de estar y se dejó caer en el sofá, apenas podía respirar. Tembló al pensar en lo que diría Scott si, al cabo de esas dos semanas, le decía que se había quedado embarazada. Menos mal que no le había comentado que existiera esa posibilidad.

Al oír la puerta de la casa abrirse y cerrarse, Sarah enderezó la espalda.

–Acabo de ver a Scott andando por la calle como si le persiguiera el mismo demonio –comentó Cory al entrar en el cuarto de estar–. A juzgar por la cara que tienes, no habéis arreglado nada, ¿verdad?

–Oh, Cory –gritó Sarah y, al instante, se echó a llorar.

Capítulo 7

LA LUZ roja de un semáforo obligó a Scott a abandonar la velocidad suicida a la que iba. Dio un golpe al volante, más enfadado consigo mismo que con Sarah. Había perdido los estribos; no obstante, Sarah no se lo estaba poniendo fácil. ¿Acaso no veía Sarah lo difícil que era para él aguantar que estuviera trabajando en el mismo lugar que aquel sinvergüenza?

No obstante, no había expuesto bien su punto de vista, la diplomacia no era su fuerte. No soportaba manipular ni hacer promesas que sabía no podía cumplir, justo lo que hacían los hombres de negocios. Él prefería dedicarse a la minería, mucho más sencillo: las minas o merecían la pena que se las excavara o no.

Scott se imaginaba que el matrimonio era como las minas, o valía la pena conservarlo o no. Hasta ese problema, Sarah había sido una esposa maravillosa, no podría haber sido mejor. Acusarla de querer su dinero había sido injusto y falso. Una mujer materialista no habría rechazado la tarjeta de crédito ni la paga mensual que él le había ofrecido. Por el contrario, Sarah le había contestado que su sueldo era bueno y también que prefería pagar la ropa y los objetos personales con su dinero.

La luz del semáforo cambió a verde y Scott, a partir de ahí, condujo más despacio.

Dos semanas. Dos largas y horribles semanas. Desde la primera noche de su luna de miel no había pasado dos semanas separado de ella. Ni siquiera una semana entera. Y, cuando salía de viaje de negocios, la llamaba todas las noches y le decía lo mucho que la amaba y cuánto la echaba de menos.

Dos semanas. ¡Se iba a volver loco!

Sarah se pasó la noche entre llanto y llanto; a la mañana siguiente, tenía los ojos hinchados y llamó otra vez al bufete para decir que no se encontraba bien y que no iría al trabajo. Por supuesto, ahora ya necesitaría un certificado médico, el bufete era muy estricto respecto a esos asuntos. En cierto modo, se alegraba de no ir al despacho, todavía no estaba preparada para hacerle frente a Phil. También se alegraba de ir al médico, así podría preguntarle cuándo podría hacerse la prueba del embarazo con resultados fiables.

Cory le dio el número de teléfono del centro de salud de su barrio y ella consiguió una cita aquella misma tarde. Pasadas las cinco, cuando entró en la consulta del médico, se sentía angustiada y estresada, como siempre que iba al médico. Pero la doctora, ya mayor, era una mujer muy agradable y escuchó con paciencia sus explicaciones sobre la angustia que estaba padeciendo debido a sus problemas matrimoniales y la ansiedad que le producía la posibilidad de haberse quedado embarazada.

La doctora frunció el ceño.

–Por favor, señora McAllister, no se tome a mal lo que voy a preguntarle, pero... ¿se ha separado por una cuestión de violencia doméstica o abuso sexual?

–¡Oh, Dios mío, no! –exclamó Sarah.

–Perdone, era mi obligación preguntárselo. A lo largo de los años he visto a muchas mujeres en esa clase de situación, tenía que comprobar que no era ese su caso.

–No, no, en absoluto. Nuestra relación sexual es buena. Yo... es solo que... No sé cómo explicarlo.

–La entiendo. ¿Preferiría que le concertara una cita con un consejero matrimonial?

Instintivamente, Sarah sabía que Scott jamás accedería a eso.

–No, todavía no. Antes quiero saber si estoy embarazada o no. ¿Cuándo cree que podría saberlo con certeza?

–Al menos debe esperar una semana más. Lo mejor es esperar a que le toque tener el periodo y, si no le viene, cómprese el test de embarazo en la farmacia, son muy fiables. No es necesario que vuelva a mi consulta, tengo entendido que usted no vive en esta zona –la doctora agarró un cuadernillo, escribió algo y le dio un papel–. Entretanto, le sugiero que se tome estas vitaminas, contienen ácido fólico. Y no beba, por si acaso. ¿Fuma usted?

–No.

–Bien. Y ahora... ¿necesita un certificado médico?

–Sí, lo necesito. Anoche no logré dormir y hoy no me sentía capaz de trabajar.

–Sí, se la ve cansada... y estresada. También tiene la tensión muy alta. Creo que, dadas las circunstancias, debería tomarse libre el resto de la semana. No voy a recetarle pastillas para dormir, pero le aconsejo que descanse. Lea algún libro, vea la televisión...

Sarah no creía poder concentrarse lo suficiente para leer, pero le gustó la idea de tumbarse y ver alguna película.

—Muchísimas gracias —dijo Sarah cuando aquella agradable doctora le extendió el certificado.

—De nada —respondió la mujer con una sonrisa—. Cuídese. Y no dude en volver para cualquier cosa que necesite.

—Y has dicho que era la doctora Jenkins, ¿verdad? —dijo Cory cuando Sarah le contó lo de la visita al centro de salud—. Sí, es un encanto. Se está haciendo mayor, pero todavía está en forma.

—Me ha gustado mucho. Bueno, ¿qué vamos a cenar esta noche?

—Ni idea. ¿Una pizza? No me apetece cocinar.

—A mí tampoco. Pero mañana yo prepararé la cena.

Un móvil sonó y, al instante, Sarah reconoció el tono. Sacó el teléfono del bolso y, al ver que era Scott, el corazón empezó a latirle con fuerza y apagó el aparato.

—¿Scott? —supuso Cory.

—Sí.

—¿Cuándo vas a decirle lo del embarazo?

—Cuando lo sepa, si es que me he quedado embarazada, Cory.

—No sabía que pudieras ser tan fuerte.

—Yo tampoco —respondió ella con sorpresa.

—Pobre Scott.

–De pobre Scott nada –le espetó Sarah.

–Tienes razón. De todos modos, si te has quedado embarazada, yo no esperaría mucho para decírselo. A Scott no le gusta que le oculten las cosas.

Sarah reflexionó sobre las palabras de Cory y, al instante, se estremeció.

Capítulo 8

EL VIERNES, Scott estaba que se tiraba de los pelos. Y también Cleo.

–No puedes seguir así –le informó ella al entrar en su despacho con otra taza de café–. Te pasas el tiempo bebiendo café cuando deberías estar preocupándote de los problemas de flujo de caja. Si no haces algo pronto, puede que el negocio entero se derrumbe.

–Me importa un bledo el negocio –gruñó él. Y se quedó perplejo al darse cuenta de que era verdad. Al menos, no le importaba tanto como el derrumbe de su matrimonio–. Lo único que me importa en estos momentos es Sarah.

–¡En ese caso, llámala!

–Lo he intentado, pero tiene el teléfono desconectado.

–Pues entonces, ve a verla.

–Si creyera que una visita cambiaría las cosas, iría. Pero no la viste la otra noche, me dio con la puerta en las narices.

–¿Qué hiciste para que se enfadara tanto? –preguntó Cleo.

–Aparte de todo lo demás, supongo que lo peor fue que le exigí que dejara su trabajo –declaró Scott con un suspiro.

–¡No! –Cleo sacudió la cabeza–. ¿Cómo has podido pensar que tenías derecho a decidir por tu esposa; sobre todo, en lo referente a su trabajo? Sarah es una mujer inteligente, Scott, perfectamente capaz de tomar decisiones por sí misma. Tu comportamiento ha sido machista y autoritario, y te aseguro que así no te vas a ganar el cariño y el respeto de tu esposa.

–Pareces saber mucho sobre maridos autoritarios y machistas –comentó Scott al haber notado cierta ironía en el tono de Cleo.

–Mi suegro no era un hombre con quien la convivencia resultara fácil. Era muy posesivo, muy autoritario... le hizo muy difícil la vida a su familia.

–Creía que había muerto antes de que tú conocieras a Martin –comentó Scott frunciendo el ceño.

–Sí, así es. Pero Doreen me ha contado muchas cosas de él.

–Ah, entiendo.

Scott sabía que, en la actualidad, la suegra de Cleo vivía con ella, se había trasladado a casa de Cleo hacía tres años, tras la muerte de su hijo de un cáncer.

Scott contuvo un gruñido al volver a pensar en Sarah y en que todavía tendría que esperar diez días más para hablar con ella. ¿Cómo iba a sobrevivir?

No había mentido al decirle a Cleo que el trabajo no le interesaba en esos momentos. El problema era que, aparte de él, había mucha gente que dependía de McAllister Mines. Miles de personas trabajaban en esa empresa, gente valiosa y digna de todo su respeto. Sería un crimen seguir descuidando el trabajo. Un par de sus minas, además de la refinería de níquel, necesitaban liquidez y mucha.

–Supongo que no puedo seguir ignorando el trabajo –declaró Scott, y dio un suspiro–. Bueno, dime, ¿has encontrado ya a alguien con dinero que esté dispuesto a ser mi socio? Alguien, por supuesto, con más dinero que sentido común.

El rostro de Cleo se animó al instante.

–El candidato que me parece más apropiado es Byron Maddox, heredero del imperio mediático Maddox Media Empire. Cuando tenía veintitantos años trabajó en la empresa de su padre ocupando un puesto ejecutivo, pero hace unos años se marchó. Ahora tiene su propia empresa, BM Group. Le va muy bien. La revista *Business Review Weekly* le colocó en junio del año pasado en el puesto número once de los hombres más ricos de Australia.

Scott asintió. Había conocido a Byron Maddox en las carreras el año anterior y le había caído bien. Era un hombre carismático y listo.

–De acuerdo, organiza una reunión con él lo antes posible.

–Ya estoy en ello, jefe. Desgraciadamente, Maddox está en Estados Unidos en estos momentos; según su secretaria, por asuntos de familia. Pero volverá a Sídney a primeros de la semana que viene y la secretaria me va a llamar para fijar la fecha y la hora de la reunión.

–Excelente. Cleo, ¿qué haría yo sin ti?

–Te arruinarías y yo acabaría en el paro.

–No por mucho tiempo –murmuró él; después, agarró el café y bebió un buen sorbo.

Cory estaba en Melbourne, había ido allí a pasar

el fin de semana para asistir a una conferencia de arquitectura. Como estaba sola, Sarah se había preparado una tortilla francesa para cenar y, nada más acabar, oyó el timbre de la puerta.

Le dio un vuelco el corazón. Sabía que sería Scott.

¿Qué debía hacer? ¿No abrir? ¿Hacer como si no estuviera en casa? Esto último era difícil, ya que el televisor estaba encendido abajo, en el cuarto de estar, al igual que la mayoría de las luces.

Se acercó a las escaleras, pero se detuvo. Entonces, oyó una voz gritar desde la calle:

—¡Sarah, soy yo, Cleo! ¡Abre, por favor!

¡Cleo!

Sarah bajó corriendo las escaleras, abrió la puerta y estuvo a punto de darle un abrazo a esa mujer. Pero al ver la expresión de Cleo, dio un paso atrás.

—¿Qué pasa? ¿Le ha ocurrido algo a Scott? ¿Le ha pasado algo?

Aunque Cleo no era excesivamente alegre, tampoco era antipática. Sin embargo, en ese momento, se la veía enfadada. Sus grandes ojos castaños la miraban con hostilidad y sus bonitos labios estaban apretados.

—Si te refieres a si ha tenido un accidente o algo así, la respuesta es no —contestó Cleo severamente—. Pero lo está pasando muy mal. Y yo, personalmente, no creo que pueda aguantar verle así una semana más. Por eso he decidido venir aquí esta noche, para ver si puedo hacerte recapacitar.

El tono de censura que Cleo había empleado le hirió el orgullo. ¿Cómo se atrevía Cleo a ir a verla para criticarla? ¿Con qué derecho?

Pero antes de poder contestar adecuadamente, la expresión de Cleo se suavizó y añadió:

–Perdona, no tenía derecho a hablarte así. Sé que quieres mucho a Scott y sé que él ha debido de hacer o decir algo terrible; de lo contrario, no le habrías dejado. Pero Scott no es él mismo desde lo de las fotos. Y... y me he sentido en la obligación de hablar en su favor; Scott no tiene a nadie, ni padres ni íntimos amigos, solo te tiene a ti.

–Y a ti –observó Sarah, también con más calma.

–Yo solo soy su secretaria.

Sarah suspiró.

–Creo que eres mucho más que eso, Cleo. Scott habla mucho de ti, te admira.

–Scott es un buen hombre y un jefe extraordinario –declaró Cleo–. Se preocupa por la gente que trabaja en su empresa, lo que no es nada habitual en los tiempos que corren. Sin embargo, esta semana ha perdido todo interés en el trabajo.

Aquello último sorprendió a Sarah.

–Lo siento –respondió Sarah–. Sin embargo, Scott es responsable de lo que ha pasado. Cleo, no sé hasta qué punto estás enterada de lo que ha ocurrido, pero es evidente que Scott te ha contado algo; de lo contrario, no habrías venido.

–Escucha, ¿te parece que podría entrar? –preguntó Cleo–. Hace algo de frío aquí fuera; además, me gustaría decirte algo... en privado.

A Sarah no le apetecía que le sermoneara la secretaria de su marido, pero tampoco quería ser grosera. Por fin, invitó a Cleo a entrar y la llevó al cuarto de estar. Allí, apagó el televisor e indicó a Cleo el sofá.

–¿Te apetece un café? –preguntó Sarah cruzando los brazos–. ¿Prefieres una copa de vino?

–No, nada, gracias –respondió Cleo con cierta

brusquedad–. No voy a quedarme mucho. He notado que no te hace mucha gracia que haya venido y no quiero molestarte más de la cuenta. Simplemente, tenía que venir a hablar contigo.

Al notar la gran intensidad de la voz de Cleo, Sarah descruzó los brazos y se sentó en el sofá, al lado de la otra mujer. Sin pensarlo, instintivamente, alargó el brazo y rozó la mano de la otra mujer.

–Lo siento –dijo Sarah con voz queda–. No suelo ser tan maleducada. ¿Qué es lo que quieres decirme de Scott? Te prometo que te escucharé con atención.

–No es solo sobre Scott, es también sobre el matrimonio.

–¿Sobre el matrimonio? –repitió Sarah parpadeando.

Cleo sacudió la cabeza, su mirada se tornó turbia.

–La vida de casada puede ser muy dura; sobre todo, cuando tu marido no te trata bien y... –la mirada de Cleo se perdió al tiempo que su voz se interrumpía. Al cabo de unos instantes, salió de su ensimismamiento–. Sarah, da gracias de que tu marido esté vivo y te quiera más que a nada en el mundo. Puede que no sea perfecto, pero ¿acaso lo eres tú? Scott sabe que se precipitó al sacar conclusiones de esas fotos y se arrepiente de ello. Así que, por favor, Sarah, dale otra oportunidad. Se lo merece. Al menos, habla con él.

–La verdad es que, en estos momentos, no sé qué decirle –contestó Sarah.

–Bueno, lo que estás haciendo no va a servir de nada. Cuando te encuentres lista para hablar con él, puede que Scott ya no quiera hablar contigo. El entendimiento es fundamental en una relación. Debes hablar con Scott en serio, contarle tus deseos y tus temores más profundos y hacer que él te cuente los suyos. Hazle comprender lo que quieres de la vida y de un marido. Estoy segura de que te hará caso porque te quiere de verdad, Sarah. Y sé que tú también le quieres.

–¿Eso cómo lo sabes? –inquirió Sarah.

¿Cómo podía contarle todo a Scott? Había cosas demasiado íntimas, cosas que le daban demasiada vergüenza...

–Solo hay que veros para darse cuenta –contestó Cleo con una sonrisa–. Se ve en vuestros ojos.

Sarah no estaba tan segura.

–Prométeme que, al menos, le llamarás –insistió Cleo–. Esta misma noche, no esperes a más tarde. Y, si no quieres, no es preciso que vuelvas con él inmediatamente. Pero, por lo menos, habla con él, Sarah. Por favor.

Sarah seguía sin saber qué decirle a su marido. Sin embargo, después de que Cleo le contara lo mal que Scott se encontraba, negarse a hablar con él sería una cobardía y una crueldad por su parte. Pero no iba a volver con él; al menos, todavía no. Antes debía saber si estaba embarazada o no.

Y después, ya se vería.

–De acuerdo –accedió Sarah con desgana.

–Prométemelo –insistió Cleo con firmeza.

–Te lo prometo.

–¿Esta misma noche?

–Sí, esta misma noche.

Cleo lanzó un suspiro de alivio y se puso en pie.

–Gracias.

Sarah también se levantó del sofá.

–¿Seguro que no quieres tomar nada?

–No. Me voy ya. Ah, pero antes de que me vaya, quiero que me prometas que no le dirás a Scott que he venido a hablar contigo. Creo que no le gustaría nada.

–De acuerdo –respondió Sarah–. No diré ni una palabra de ello.

Cuando Cleo sonrió, Sarah se dio cuenta de lo atractiva que esa mujer podría llegar a ser con la ropa, el corte de pelo y el maquillaje adecuados. Sí, podría llegar a ser deslumbrante. Por supuesto, no quería que fuera deslumbrante, pensó mientras acompañaba a Cleo a la puerta. Cleo pasaba demasiado tiempo con Scott, mejor que presentara un aspecto discreto.

Cuando cerró la puerta tras la marcha de Cleo, Sarah frunció el ceño de preocupación. Todavía tenía celos de esa mujer, a pesar de ser evidente que no tenía motivos para estar celosa. Su madre había sido una mujer muy celosa, obsesivamente.

Por supuesto, su madre había tenido motivos más que de sobra, su marido había sido un mujeriego. La excusa de su madre había sido que quería a su marido demasiado, pensó Sarah aún con el ceño fruncido mientras subía las escaleras. ¿Se deberían los celos obsesivos al exceso de amor? No le gustaba la idea; no, no le gustaba esa explicación.

Sarah enderezó los hombros y alzó la barbilla, ignorando la profunda inseguridad que había sentido y seguía sintiendo desde el divorcio de sus padres y, posteriormente, el suicidio de su madre.

El médico había calificado la sobredosis de su madre, mezcla de pastillas y alcohol, de accidente. Pero Sarah sabía que eso no era verdad. Su madre se había suicidado porque su infiel marido nunca la había amado. Nunca la había querido. Según su madre, se había casado con ella únicamente porque la había dejado embarazada. Habían tenido un hijo, Victor, y las infidelidades del marido hicieron que aquella mujer intentara volver a tener otro hijo con el fin de sujetarle y mantenerle a su lado. Y ese era el motivo de que ella hubiera nacido.

Pero los hijos no servían para unir a un matrimonio, Sarah lo sabía muy bien. Lo que la hizo pensar en su posible embarazo.

Le dio un vuelco el corazón.

De una cosa estaba segura: cuando llamara a Scott esa noche, no iba a mencionar el posible embarazo. Ni tampoco iba a decirle que volvía a su lado. Y también estaba decidida a evitar reunirse a solas con Scott hasta no estar segura de que era el hombre que pensaba que era al casarse con él: decente, fuerte y civilizado, no el hombre de las cavernas en el que se había convertido al ver esas fotos. Ese último hombre la intimidaba, le parecía peligroso y demasiado excitante sexualmente...

Tembló al pensar en el sexo. Su mente evocó un sinfín de imágenes eróticas.

–¡Oh, Dios mío! –exclamó mientras superaba los últimos peldaños de la escalera.

Capítulo 9

SCOTT estaba tumbado en el sofá chesterfield de su estudio con el tercer vaso de whisky en la mano cuando sonó el teléfono. Suspiró, no le gustaba hablar por teléfono. Pero se sacó el móvil del bolsillo del pantalón y, al ver quién le llamaba, sintió que le daba un vuelco el corazón. ¡Sarah!

Durante un momento pensó en no contestar, no serviría de nada. Sin embargo, la curiosidad pudo con él.

—¿A qué debo semejante honor? —preguntó él con acritud.

Sarah apretó los dientes. En el fondo, había sabido que llamarle no era buena idea. Ella no estaba lista para hablar con Scott y él había bebido demasiado. Pero una promesa era una promesa.

—Pensaba que podíamos hablar —dijo Sarah con educación.

—¿En serio? ¿Así que por fin crees lo que te he dicho del sinvergüenza de Leighton?

—Todavía no he hablado con Phil —admitió Sarah.

—¿Por qué no?

—Porque no he ido a trabajar esta semana.

—¿Y eso por qué? —preguntó Scott con una nota de sorpresa en la voz.

Por supuesto, Sarah no iba a contarle la verdad.

–He tenido sinusitis –Sarah recurrió a ese problema recurrente en ella, aunque no solía pasarle en los meses fríos–. Creo que podré volver el lunes. Sin embargo, me gustaría hablar contigo largo y tendido; si no, creo que no voy a poder concentrarme en el trabajo.

–No me gustan las charlas largas –observó él.

–Sí, lo sé –respondió Sarah.

Scott era un hombre de pocas palabras, no le interesaba hablar por hablar. Ella, por su parte, tampoco era muy dada a la charla superficial ni a contarle su vida a cualquiera, como les ocurría a muchas mujeres. La relación que tenía con Cory era excepcional, quizá por lo comprensivo que era él; a pesar de lo cual, Cory no conocía todos sus secretos. Y Scott... En realidad, Scott sabía muy poco de ella, y nada en absoluto sobre su penosa infancia con sus padres.

De repente, pensó que ella tampoco sabía mucho sobre la infancia de Scott. Y eso no era normal. Sabía, al margen de que Cleo lo hubiera dicho también, que en un matrimonio no debería haber secretos. Ambos cónyuges deberían conocerse muy bien; sobre todo, si iban a ser padres. También se vio obligada a reconocer que, si Scott hubiera sabido lo desleales que eran su padre y el sinvergüenza de su hermano, se habría dado cuenta, instintivamente, de que ella jamás le sería infiel.

Había llegado el momento de remediar esa situación, de hacer algo positivo con el fin de salvar su matrimonio. Huir no resolvía nada. Eso era lo que había hecho ella tras la muerte de su madre y no le había procurado ningún provecho. En vez de viajar por todo el mundo sin ver nada en profundidad, quizá debiera haber ido a un psicólogo; aunque, pensándolo bien, la había ayudado mucho su estancia en aquellos pequeños pueblos de Asia en los que la vida era sencilla y el cariño de los unos por los otros algo manifiesto.

¡Lo que daría por estar allí en ese momento!

Sarah suspiró. Ese mundo no era su mundo. Su mundo era Sídney, Scott y un matrimonio que se tambaleaba.

—Scott, ya sé que no te gustan las conversaciones largas por teléfono —dijo ella—. ¿Qué te parece si almorzamos juntos mañana?

Sarah esperaba que reunirse con él en un lugar público la haría menos proclive al intenso deseo que, en la intimidad, la presencia de Scott despertaba en ella.

—Lo siento, pero mañana al mediodía no puedo. Es la entrega del trofeo Stakes, de McAllister Mines, en la primera carrera de caballos de Randwick, y el trofeo lo tengo que entregar yo. Pero... ¿por qué no vienes conmigo?

A Sarah le apetecía ir, le gustaba ir con Scott a las carreras de caballos. Pero aunque el hipódromo era un lugar público, allí no podría tener una conversación seria con su marido. Scott estaría rodeado de gente en todo momento, todos intentando convencerle para que comprara este o aquel caballo, algo que Scott había jurado no hacer nunca ya que, en su opinión, un caballo de carreras era una inversión aún más arriesgada que una mina.

Por mucho que deseaba decir que sí, al final decidió rechazar la invitación.

–Mejor no, Scott –contestó Sarah con pesar–. ¿Qué te parece si salimos a cenar mañana?

–¿Qué te parece si voy a verte ahora? –sugirió él.

Sarah respiró hondo mientras contenía la reacción de su traicionero cuerpo a la proposición de Scott.

–No, Scott. En serio, ¿te apetece que salgamos a cenar mañana?

–Está bien. ¿Dónde? –respondió él tras un suspiro.

–Eso da igual. Elije tú el sitio. Preferiblemente un restaurante con sitio para sentarse cómodamente en vez de estar apretados como sardinas.

–Reservaré una mesa en la marisquería del muelle que te gusta. No me acuerdo del nombre.

–¿El Palacio del Marisco?

–Eso es.

–Es un poco tarde para conseguir reservar una mesa un sábado por la noche.

–No te preocupes, la conseguiré. ¿A qué hora?

–¿Te parece bien a las ocho? –sugirió ella.

–Eso es demasiado tarde –dijo Scott–. Mejor a las siete.

–De acuerdo, a las siete.

–Iré a recogerte a las siete menos cuarto.

Sarah parpadeó. No quería estar a solas con él dentro de un coche y no quería que él la llevara de vuelta a casa de Cory. Pero sabía que eso eran tonterías. Se habían citado para tratar de solucionar sus problemas, no era propio de Scott atacarla en un coche.

–Está bien, ven a recogerme.

–Sarah, me alegra verte menos cabezota. Hasta mañana –tras esas palabras, Scott cortó la comunicación.

La mala educación de Scott la dejó perpleja. No obstante, fue directamente a la habitación de invitados, el cuarto que ocupaba en casa de Cory, y allí clavó los ojos en el test de embarazo que estaba sobre la mesilla.

—No soy cabezota —murmuró ella para sí—. Pero sí que puede que esté embarazada.

Agarró la cajita que contenía el test del embarazo, fue al cuarto de baño y leyó las instrucciones.

Sabía que era demasiado pronto para que la prueba fuera fiable y que no iba a ganar nada con un falso resultado negativo, a excepción de un falso alivio. Al final, el sentido común se impuso y Sarah salió del cuarto de baño dejando allí la caja.

Pero aquella noche no parecía poder dejar de pensar en su posible embarazo. ¿Qué diría Scott si el resultado fuese positivo? ¿Se alegraría, lo vería como una forma de salvar las diferencias entre ellos? ¿O, por el contrario, volvería a acusarla de infidelidad?

Sarah no logró quedarse dormida hasta altas horas de la madrugada.

Capítulo 10

SARAH suspiró mientras contemplaba el montón de ropa encima de la cama. Se había probado prácticamente todas y cada una de las prendas que tenía y no le gustaba nada. Se estaba comportando como una adolescente en su primera cita.

–La culpa la tiene Cory –murmuró Sarah mientras se ponía a colgar la ropa otra vez.

Aquella mañana, Cory y ella habían intercambiado unos mensajes por el móvil, ella le había confesado que iba a cenar con Scott y Cory le había contestado que le parecía buena idea y que debería ponerse algo sexy.

Un consejo estúpido, ya que lo que intentaba era resistir la tentación de volver a acostarse con Scott. Si se vestía con ropa sexy, Scott lo vería como una invitación.

No obstante, aunque no quería vestirse extrasexy, algo sexy no le parecía mal. El problema era que no tenía esa clase de ropa, sus vestidos eran elegantes y femeninos, pero nunca provocativos. Nunca se ponía ropa demasiado oscura ni demasiado colorida. En el trabajo, solía llevar trajes color crema con blusas de seda de colores suaves o delicados estampados de flores. Sus faldas, aunque ceñidas, siempre le llegaban a la rodilla. Sus zapatos y bolsos eran color carne, que iba con todo. Fuera del trabajo solía llevar vestidos de vestir, alguno de los cuales le habría servido para aquella noche.

Pero a Sarah no le convencía ninguno de esos vestidos y, al final, se decidió por un traje de chaqueta color champán que había comprado hacía dos años y era apropiado para los meses de más frío.

Eran mediados de mayo y había empezado a refrescar. Por supuesto, el restaurante tenía calefacción, por lo que debía llevar algo bonito debajo de la chaqueta para poder quitársela. La intuición le decía que iba a tener mucho calor cuando estuviera con Scott.

Después de rebuscar entre la ropa, acabó eligiendo una blusa dorada sin mangas y escotada que aún no había estrenado.

Sarah complementó el atuendo con unos zapatos de tacón color carne, un bolso de noche dorado, una cadena de oro alrededor del cuello y unos pendientes también de oro. Ambas piezas de joyería las había comprado ella, no eran regalo de Scott. En realidad, Scott no era dado a los regalos, aunque le había obsequiado un precioso collar de perlas el día de su boda y un colgante de brillantes con pendientes haciendo juego el día de su cumpleaños, en noviembre del año anterior. Como regalo de Navidad le había entregado las llaves de su coche rojo.

A las seis y treinta y cinco minutos, Sarah estaba vestida, maquillada y con la melena suelta por detrás, pero recogida a ambos lados con dos peinetas muy femeninas.

A las siete menos cuarto en punto sonó el timbre

de la puerta. Le dio un vuelco el corazón. Se llenó de aire los pulmones y se dijo a sí misma en silencio: «Tranquila, chica, no pierdas la calma. Y, por favor, no te derritas delante de ese hombre, por atractivo que te resulte».

El sermón le sirvió hasta que abrió la puerta y tuvo a Scott delante vestido con una ropa que le hacía aún más viril: pantalones vaqueros oscuros, camisa blanca con el último botón desabrochado y una bonita chaqueta deportiva. Esa no era ropa que ella le hubiera comprado, tampoco se la había visto puesta nunca. Evidentemente, Scott había ido de compras. Quizá para él también fuera como una primera cita.

—Tienes muy buen aspecto, Scott —dijo ella en tono de halago.

—No tan bueno como tú —respondió él—. Estás guapísima. Pero es natural, tú siempre estás guapísima, te pongas lo que te pongas.

—¡Vaya! No es propio de ti tanto halago, Scott.

—Esta noche soy un hombre desesperado. En fin, será mejor que nos pongamos en marcha.

—Deja que eche el cerrojo.

—¿No está Cory en casa? —preguntó Scott mientras ella cerraba con llave.

Sarah advirtió una extraña nota en la pregunta de él, pero el motivo se le escapó. Quizá Scott había notado que el coche de Cory no estaba aparcado en la calle. No muchas casas de Paddington tenían garaje.

—¿Un sábado por la noche? —comentó ella—. Debes de estar bromeando. Dime, ¿dónde has dejado tú el coche?

Sarah miró a un lado y a otro de la calle, pero no vio el coche de Scott.

–A la vuelta de la esquina. Es muy difícil aparcar en esta calle los fines de semana.

–Debería haber ido en taxi al restaurante –comentó Sarah mientras caminaban juntos.

–Pero yo no quería que lo hicieras –declaró Scott mientras se metía las manos en los bolsillos–. Sarah, no llevas tú todas las papeletas de esta rifa. Si quieres que volvamos juntos tendrás que tener en cuenta también mi opinión y mis deseos.

Sarah, boquiabierta, se detuvo en seco. Scott se echó a reír.

–Deberías ver la cara que has puesto. En serio, Sarah, cielo, una abogada nunca debería olvidar que las cosas se pueden interpretar de distintas maneras. No niego que mi comportamiento el viernes dejara mucho que desear, pero tú tampoco has sido un ángel esta semana.

A Sarah siempre le había costado aceptar que la criticaran; sobre todo, cuando la crítica estaba justificada. Había estado tan ocupada haciéndose la ofendida que no se había parado a pensar cómo y en qué medida esas fotos habían afectado a Scott. Incluso después de que Cleo se presentara la noche anterior y le dijera que Scott lo estaba pasando muy mal, ella no lo había tenido en cuenta. Ahora, el comentario de Scott, al dar en el clavo, la hizo sentirse muy mal.

–Tienes razón. Lo siento –dijo Sarah–. Dime, ¿has conseguido mesa en el restaurante?

–Sí, pagándola. Con dinero se consiguen las esposas más hermosas y las mejores mesas en los restaurantes.

Sarah se lo quedó mirando.

–¿En serio crees que me casé contigo por el dinero? –preguntó ella pasmada.

Scott se encogió de hombros.

–Si quieres que te diga la verdad, Sarah, no tengo ni idea de por qué te casaste conmigo.

–Me casé contigo porque te quería, Scott –respondió Sarah, enfadada con él por poner en duda sus motivos. Sin embargo, dejaba entrever por qué Scott había creído que ella pudiera serle infiel–. Siempre te he deseado, desde el primer momento en que te vi –añadió Sarah con intensidad porque necesitaba que él la creyera.

–Esa es otra de las cosas que me preocupan –comentó él–. Cuando nos conocimos eras virgen. Resulta extraño que fuera yo al primero al que te entregaras. Eres muy guapa, Sarah, otros hombres debieron de intentar conquistarte antes.

Sarah suspiró. Debería haberle hablado a Scott de su familia desde el principio, solo así podría él comprender lo reacia que había sido a tener relaciones con un hombre. En ese momento, se juró a sí misma hacer lo que Cleo le había sugerido que hiciese la noche anterior: contárselo todo a Scott.

Bueno, quizá no todo. No iba a hablarle del posible embarazo, todavía no había necesidad.

–Entiendo que te resulte extraño –declaró ella con absoluta sinceridad–. Que fuera virgen cuando te conocí tiene una explicación, pero va a llevar tiempo. ¿Te parece que esperemos a estar en el restaurante? Una vez allí responderé a todas tus preguntas... y viceversa –concluyó ella con firmeza.

Capítulo 11

EL PALACIO del Marisco era un restaurante de cinco estrellas con vistas al puerto de Sídney. El comedor era amplio, las mesas no estaban muy juntas y todas ellas cubiertas con manteles de lino blanco y servicios de primera calidad. En el centro de cada mesa había un candelero de cristal con una vela corta que el maître encendió después de acompañarles a su mesa.

Sin duda, su mesa se encontraba en el lugar mejor y más romántico del establecimiento, en un apartado semicircular junto a la enorme ventana en mirador, lo que les hacía gozar de una vista magnífica del puerto.

—André será su camarero esta noche —dijo el maître mientras apartaba de la mesa la silla de Sarah—. Espero que disfruten la cena.

El maître sonrió a Scott y se marchó, dejándoles en manos de un joven con aparentes ansias de complacer.

A Scott no le extrañaba que el maître le hubiera sonreído, teniendo en cuenta la propina que le había dado para que le reservara aquella mesa y con tan poca antelación.

La noche era joven y decidió comenzar con champán. A Sarah le gustaba el buen champán. Pero al preguntarle si quería que pidieran una botella y no solo una copa, Sarah le decepcionó al rechazar la invitación; al parecer, estaba tomando antibióticos para su sinusitis y no podía beber alcohol.

—Agua mineral para mí —dijo ella sonriendo al camarero.

—En ese caso, una cerveza para mí —declaró Scott, algo desilusionado.

—¿Qué cerveza, señor?

—Una rubia cualquiera.

A Sarah no le gustaba mentir a Scott, pero ¿qué otra cosa podía hacer? Había necesitado una excusa para rechazar su bebida preferida. No era el momento oportuno de decirle a Scott que se le había olvidado tomar la píldora y que cabía la posibilidad de haberse quedado embarazada. Aunque, por supuesto, solo era una posibilidad. En cualquier caso, aquella noche era para hablar del pasado, no del futuro.

Sarah agarró la carta y, de repente, se dio cuenta de que no tenía mucho apetito. Los nervios se le habían agarrado al estómago ante la perspectiva de hablarle a Scott de su infancia y de su sórdida vida familiar con sus padres.

—¿Te importaría pedir por mí? —preguntó Sarah—. Siempre me gusta más lo que tú pides que lo que yo pido.

—Eso es verdad —respondió él con una sonrisa—. A veces eres bastante indecisa.

—Algo de lo que jamás se te podrá acusar a ti —Sarah lanzó una carcajada.

–Suelo saber lo que quiero –contestó Scott mirándola fijamente a los ojos.

El mismo deseo de siempre, pensó Sarah devolviéndole la mirada. Pero esa vez se negó a sucumbir. ¡No, había ido allí para hablar con él, nada más!

–Este sitio es muy bonito por las noches, ¿verdad? –comentó ella.

–Sí, mucho –respondió él con voz ronca.

De súbito, a Sarah se le ocurrió que Scott debía de esperar de ella que aquella noche volviera a casa con él. También se dio cuenta de que junto a su deseo de resistirse a los encantos de Scott la tentación era demasiado fuerte.

«No pasaría nada si te acostaras con él, ¿no? Al menos, podrías dormir, aunque solo fuera por una noche».

Justo en ese momento, André se presentó con las bebidas. Scott aprovechó la oportunidad para pedir la cena: ostras de entrada, *barramundi* a la brasa con salsa de limón y perejil, y de postre una decadente tarta de queso con chocolate.

–La tarta con helado, no con nata –añadió él.

–Te encanta el helado –comentó ella después de que el camarero se marchara.

Sarah se dio cuenta de que sabía menos de la infancia de Scott que él de la suya. Sabía que la madre de Scott había fallecido cuando él era pequeño y que le había criado su padre, un minero con menos éxito que su hijo; aunque inteligente y licenciado en Geología. Ese hombre se había encargado de la educación de Scott mientras viajaban por toda Australia en un remolque, que también era su hogar, en busca de oro. El padre de Scott había encontrado ópalos y un par de minas de oro que les habían permitido comprar unas parcelas de terreno que, con el tiempo, habían demostrado contener un auténtico tesoro. En tiempos de vacas flacas, el padre de Scott había ido a trabajar a las minas de carbón y Scott se había dedicado a vagabundear.

—Era una buena vida —le había dicho Scott en una ocasión.

Pensando en ello ahora, Sarah pensó que sí, que aquella debía de haber sido una buena vida; sobre todo, en comparación con su estresada y angustiada existencia en la actualidad.

—Bueno, Sarah, ¿no crees que es hora de darme alguna que otra explicación? —dijo Scott rompiendo el silencio—. Estamos solos, ya no hay excusa.

Sarah agarró la copa de agua mineral y bebió un sorbo. Se le había secado la garganta. No sabía por dónde empezar.

—Mi padre no tuvo solo una aventura amorosa, era un mujeriego empedernido —declaró ella bruscamente, sin preámbulos.

Scott no pareció sorprendido, aunque sí se quedó pensativo.

—Nunca se molestó en ocultar sus devaneos —continuó ella—. A veces se iba con otra mujer y desaparecía durante una semana entera, lo que solía volver loca a mi madre. Las peleas eran monumentales.

—¿Por qué tu madre no le dejó? —preguntó Scott arrugando el ceño.

Sarah se echó a reír, pero era una risa amarga.

—Eso mismo solía preguntarle yo. Y no solo una vez, sino muchas —Sarah volvió a beber agua—. Mi madre siempre le perdonaba; según ella, por amor. Y quizá fuera por eso, aunque muy masoquista por su parte, en mi opinión. Si mi padre no la hubiera dejado, ella nunca se habría divorciado de él. Pero, al final, mi padre conoció a una mujer más joven y con dinero.

—Entiendo. ¿A qué se dedicaba tu padre?

—Vendía coches caros: Porsches, Ferraris... ese tipo de coches. Era un buen vendedor, ganaba bastante dinero. Económicamente nunca nos faltó de nada, ni siquiera después del divorcio. Mi padre le dejó a mi madre la casa y pagó mis estudios, de eso no puedo quejarme.

—Supongo que la vida os fue mejor después del divorcio, ¿no? –observó Scott.

—Sí, durante un tiempo. Para mí fue un alivio que mi padre no estuviera en casa. Pero el mayor alivio fue no tener que volver a ver al sinvergüenza de mi hermano en la vida.

Capítulo 12

LA LLEGADA de las ostras interrumpió a Sarah en un punto crucial de su relato. Scott se preguntó qué habría hecho el hermano para que ella hablara así. Algo malo, desde luego.

–¿Qué hizo tu hermano? –preguntó Scott después de que se marchara el camarero.

–Victor. Se llamaba Victor. Mejor, ¿qué es lo que no hizo? Era una alimaña. Tenía cinco años más que yo, él tenía dieciocho cuando yo tenía trece, y era adicto al sexo. Se pasaba todo el tiempo viendo páginas web de porno en el ordenador. Trataba a sus muchas novias como si fueran basura. Las engañaba a todas. Era igual que nuestro padre.

–No te hizo nada a ti, ¿verdad? –preguntó Scott preocupado.

–No, pero le gustaba asustarme y hacerme creer que podía hacerlo. Me amenazaba y me hacía la vida imposible siempre que podía. Y tuve que comprar un cerrojo y ponérselo a la puerta del cuarto de baño porque él, accidentalmente, entraba siempre que yo estaba allí.

Scott lanzó una maldición.

–Eso es terrible, Sarah –comentó él, comprendiendo por fin por qué Sarah era virgen cuando él la conoció–. Pero no todos los hombres somos así.

–Lo sé –Sarah le dedicó una sonrisa–. Pero me costó mucho llegar a fiarme de un hombre. No me gustaban ni me fiaba de ninguno. Cuando alguno se me acercaba, por ejemplo en la universidad, le espantaba inmediatamente. Después, cuando mi madre murió, sufrí una depresión y...

Sarah se interrumpió y bajó la mirada. Por fin alzó el rostro y añadió:

–Su muerte no fue accidental debido a una sobredosis. Mi madre se suicidó.

Al ver cómo se le llenaban los ojos de lágrimas a Sarah, Scott decidió que ya era más que suficiente. El resto podía esperar a cuando ella estuviera a salvo en sus brazos y él pudiera consolarla como debía.

–Cariño mío, creo que, de momento, deberíamos dejar de hablar de estas cosas tan tristes y disfrutar estas deliciosas ostras –dijo Scott con una tierna sonrisa–. Ya no siento curiosidad por saber por qué eras virgen cuando nos conocimos. Y también reconozco que lo último que tú serías es infiel. Confieso que siento mucho haber insistido en hablar de esto. Si hubiera sabido todo lo que has pasado...

–Quiero ser sincera contigo, Scott –respondió ella atacando una ostra con el tenedor–. Y quiero que tú también te sinceres conmigo. Si queremos salvar nuestro matrimonio, no podemos tener secretos el uno con el otro.

Sobre todo, grandes secretos como que a ella se le había olvidado tomar la píldora y podía haberse quedado embarazada.

Sarah abrió la boca para confesar, pero no le salieron las palabras. El pánico se había apoderado de ella. ¿Por qué arriesgarse a crear más problemas?

Era mucho mejor esperar a estar segura de que Scott la quería de verdad y confiaba en ella antes de añadir más problemas teniendo en cuenta la fragilidad de su matrimonio.

Entretanto, todo lo demás tenía que salir a la luz. Cosas como el dinero que ella tenía. Esperaba que Scott no se enfadara al enterarse de que ella lo había mantenido en secreto.

–Hay otra cosa que me gustaría decirte –declaró Sarah.

Scott pareció alarmado.

–No, no te preocupes, no es tan terrible –se apresuró ella a añadir–. Verás, cuando murió mi madre, heredé. Para empezar, heredé la casa, que vendí a muy buen precio. Así que, como verás, no me casé contigo por tu dinero. Yo... tengo dinero propio. Aunque, desgraciadamente, no el suficiente para salvar tu refinería. Por lo que sé, necesitas millones.

–En eso tienes toda la razón –contestó Scott con pesar.

–Si quieres, puedes disponer de todo el dinero que tengo –ofreció ella impulsivamente.

–Gracias, pero no. A juzgar por el estado de la industria minera hoy en día, puede que necesites ese dinero en el futuro.

–No tienes problemas económicos, ¿verdad, Scott? Lo que quiero decir es que no se me habría ocurrido sugerir que viniéramos a este restaurante si supiera que estás arruinado.

–No te preocupes por eso, no soy idiota. Tengo muchas propiedades y una fuente de ingresos estable procedente de otras fuentes. Dispongo de más que suficiente para pagar la cuenta. Y también para mantener a mi esposa, cuando decida volver a casa, si es que vuelve. La semana pasada casi me volví loco, Sarah. Te echo de menos. Quiero que vuelvas.

Sarah suspiró. Otra vez lo mismo, Scott ya estaba aprovechando cualquier oportunidad para sacar aquello a relucir. Ese era el motivo por el que no había querido verle, además del deseo casi irresistible que siempre despertaba en ella. También le echaba de menos. Y ese fuerte cuerpo, que parecía ser lo único en lo que podía pensar en esos momentos.

–Yo... deja que lo piense –contestó Sarah–. Ahora, cenemos.

Comieron las ostras en silencio. Cuando el camarero fue a retirarles los platos, Scott pidió otra cerveza y más agua mineral para ella.

–Teniendo en cuenta que querías hablar, te has quedado muy callada –comentó Scott.

–Supongo que te he contado todo lo que quería contarte –respondió ella tratando de mantener la calma–. Es importante que comprendas por qué soy como soy, por qué reacciono como reacciono. Si nos hubiéramos contado más cosas antes de casarnos, quizá no nos habría pasado lo del viernes. Tú habrías sabido que era imposible que yo te fuera infiel.

–Sí, es muy probable que tengas razón. Nos casamos precipitadamente, pero... Maldita sea, Sarah, no me arrepiento en absoluto. Me arrepiento de no haberme fiado de ti y siento lo del viernes por la noche. Aunque tendrás que admitir que lo que hicimos fue extraordinario. ¡Estuviste increíble esa noche! Te echo de menos, echo de menos eso.

Sarah sintió el deseo de Scott en todo su cuerpo. Era el mismo deseo que ella sentía por él. Al instante, se le irguieron los pezones y sintió un líquido calor en la entrepierna. Por suerte, el camarero llegó con más bebidas y el peligro del momento pasó.

—Scott, ¿te importaría que volviéramos a hablar de cosas más importantes?

—¿Como qué?

—Como... ¿por qué quisiste llevarme al altar a toda prisa? ¿Por qué quisiste casarte conmigo?

Capítulo 13

SCOTT, sorprendido por la inesperada pregunta de Sarah, se quedó sin saber qué contestar.

–¿Y bien? –insistió ella.

–Sabes perfectamente por qué me casé contigo –respondió él finalmente–. Estaba locamente enamorado de ti. Y no, no fue solamente una cuestión de atracción sexual; sé lo que es la atracción sexual y no era solo eso lo que sentía por ti.

Se había enamorado de ella. Locamente. Pero también había sentido miedo. Miedo de perder a esa increíblemente hermosa e inteligente criatura si no se casaba con ella de inmediato, si no le ponía el anillo en el dedo rápidamente, antes de que otro más guapo, con mejores modales y más sofisticado la conquistara. Por eso la había llevado al altar precipitadamente.

Pero, al final, no le había salido bien la jugada. El hombre que había temido que apareciese se había presentado; y, aunque Sarah no se había arrojado a su brazos, él sí había creído que lo había hecho. Y, por creerlo, se había expuesto a lo que más temía: perder a Sarah.

«No seas idiota, todavía no la has perdido», razonó consigo mismo. «Utiliza la cabeza».

Scott sabía que a las mujeres les gustaba hablar,

pero él no estaba acostumbrado a charlar sin más. Su padre solo había abierto la boca para enseñarle algo o para darle una lección. Él solo conocía detalles de la vida de su padre y tampoco sentía curiosidad por averiguar más, pero a las mujeres les gustaba saberlo todo sobre todo el mundo. Sin embargo, a él le costaba hablar de asuntos íntimos y Sarah había parecido comprenderlo... al principio. Ahora ya no era ese el caso. Al parecer, no le quedaba más remedio que abordar un tema del que odiaba hablar: el pasado.

Pero, primero, tenía que responder a la pregunta de por qué había querido casarse con ella y con tanta prisa.

—Si quieres que te sea completamente sincero, te diré que me casé contigo porque te quería para mí solo las veinticuatro horas del día. No sabía que tuvieras tantas reservas respecto a los hombres, pero en seguida me di cuenta de que no vivirías conmigo sin que nos casáramos. El matrimonio era la única salida y cuanto antes, mejor. Como he dicho, estaba loco por ti. Jamás había sentido nada parecido por ninguna otra mujer. Y, si quieres que te diga la verdad, después de descubrir la verdad sobre mi madre, tampoco me gustaban las mujeres como personas.

—¿Tu madre? —preguntó Sarah con sorpresa.

—Sí. Verás, mi madre no murió cuando yo era pequeño. Esa es la mentira que utilizo para ocultar la verdad.

Sarah enderezó la espalda en el asiento, atónita tras tan inesperada confesión.

—Tampoco estaba casada con mi padre —continuó él—. Mi madre era una joven de vida despreocupada que mi padre conoció en un momento en el que descubrió oro. Su relación duró hasta que el dinero se acabó y mi padre tuvo que echarse a la carretera otra vez, sin darse cuenta de que había dejado embarazada a esa mujer. En cualquier caso, y para abreviar, un par de años después, cuando le iba bien con los ópalos negros, se puso en contacto con ella otra vez. Mi madre estaba viviendo en una comuna en las playas del norte de Nueva Gales del Sur. Imagínate cuál no sería su sorpresa al ver a un niño pequeño, que era la viva imagen de él, correteando desnudo alrededor de la casa mientras ella estaba dentro poniéndose hasta arriba de marihuana.

—¡Cielos! ¿Qué hizo tu padre?

—Le dio algo de dinero y me llevó con él.

—¿Y tu madre no se opuso?

—No. Le dijo a mi padre que encantada de que quisiera llevarme con él; que no sabía qué hacer conmigo y que, además, nunca había querido tener un hijo.

—Oh, Scott —dijo Sarah con tristeza.

—No tienes por qué sentir compasión por mí, Sarah —dijo él—. Ni me acuerdo de ella ni la echo de menos. Mi padre fue un padre estupendo. No era muy convencional, pero me quería con locura y yo a él. Esperó a contarme lo de mi madre hasta que tuve edad suficiente para comprenderlo.

Sarah parpadeó para contener las lágrimas, pero no dijo ni una palabra.

—Hace unos años busqué a mi madre, más por curiosidad que por otra cosa. Descubrí que había muerto diez años atrás, supongo que por tomar demasiadas drogas. Lo gracioso es que un viejo yonqui que la conocía me dijo que mi madre cambió mucho, para mal, desde que mi padre me llevó con él, que fue como si hubiera perdido las ganas de vivir. Así que supongo que, a su manera, me quería.

–Estoy segura de que así fue –declaró Sarah.

–Bueno, ya está bien –dijo él bruscamente–, no le veo sentido a abrir viejas heridas. ¿Por qué no nos centramos en el aquí y ahora, y disfrutamos de nuestra mutua compañía y del siguiente plato?

La *barramundi* estaba exquisita. Pero a Sarah le costó disfrutarla porque estaba un poco triste y también porque Scott parecía decepcionado de que ella se negara a beber una copa de champán con el plato principal. Scott sabía que no se debía beber alcohol cuando se estaba tomando antibióticos, pero una copa... La ayudaría a relajarse. Aunque, por supuesto, había otras formas de relajación...

–Creo que podríamos saltarnos el postre –sugirió Scott mirándola a los ojos con un brillo muy significativo en los suyos.

Capítulo 14

ESTÁS intentando excitarme, Scott? –dijo Sarah sin poder evitar que un intenso rubor le subiera por las mejillas.

–¿Lo estoy consiguiendo? Y, por favor, no mientas.

–Sí.

–En ese caso, vámonos.

–No voy a volver a nuestra casa contigo, Scott. Todavía no.

–Y yo no te voy a pedir que lo hagas. Podemos pasar la noche en casa de Cory.

Aunque sabía que la batalla estaba perdida, Sarah prefirió no rendirse fácilmente.

–Puede que Cory esté de vuelta en casa con alguien.

–No lo creo. Cory está en una conferencia en Melbourne.

–¿Cómo lo sabes? –preguntó Sarah con incredulidad.

–Me ha enviado un mensaje al mediodía y me lo ha dicho.

–Voy a matarle –declaró Sarah apretando los dientes.

–Y a mí me han dado ganas de darle un beso.

–¿En serio? –dijo ella–. Creía que no le tenías mucho cariño.

–Eso mismo creía yo –respondió Scott sonriendo traviesamente–. Quizá tuviera que ver con el hecho de que mi esposa ha estado descuidando sus deberes matrimoniales esta última semana.

Sarah alzó los ojos al cielo. Sin embargo, no pudo evitar soltar una carcajada.

–¿Qué puedo hacer si los dos os ponéis en contra mía?

–Nada. Voy a pedir la cuenta y nos vamos.

Realizaron el trayecto a casa de Cory en silencio, Sarah ni siquiera le miró de reojo. No quería ver pasión en ese rostro, ya tenía suficiente con poner riendas a la suya.

Esa vez, Scott pudo aparcar cerca de la casa de Cory.

–Hace bastante fresco aquí –comentó Scott en el vestíbulo de la casa.

–Cory todavía no ha instalado calefacción ni aire acondicionado –contestó ella–. Está esperando a hacer la reforma, pero esta se ha retrasado. Sin embargo, hay una estufa estupenda en la chimenea del cuarto de estar.

Sarah condujo a su marido al cuarto de estar.

–Y un sofá estupendo –comentó él antes de estrecharla en sus brazos y besarla sin darle tiempo a protestar.

No fue un beso suave, tierno y cariñoso. Fue un beso ardiente, duro y apasionado que se hizo eco de la frustración que ambos habían sentido durante toda la semana. Y, cuando Scott se despegó de sus labios, ella lanzó un gemido de protesta.

–No te preocupes, a mí me pasa lo mismo –gruñó Scott.

Sarah se apartó de él para encender la estufa. Después, agarró algunos de los cojines del sofá y los dejó en la alfombra, delante de la estufa.

—Buena idea —dijo Scott al tiempo que se quitaba la chaqueta.

Inmediatamente, Scott volvió a estrecharla en sus brazos y, tras otro fiero beso, a Sarah le quedó claro que aquello era lo que quería.

—Demasiada ropa, cielo —murmuró él apartando de nuevo los labios de ella.

—Sí —respondió Sarah con voz ronca mientras subía las manos para desabrocharle la camisa.

Scott lanzó una carcajada y se sacó la camisa por la cabeza, dejando al descubierto su magnífico pecho.

Sarah se lo acarició, arañando la piel salpicada de vello con las uñas. Y, cuando le tocó los pezones, Scott lanzó un gruñido animal antes de agarrarla de las muñecas.

—Para —murmuró él—. Estás volviéndome loco.

—Bien —y, en vez de utilizar las manos, le cubrió los pezones con la boca.

—Te has vuelto una hechicera —protestó él—. Pero me encanta.

Decidida a no dejarle pensar que era suya de nuevo, Sarah levantó la cabeza y dijo:

—Esto no es amor, Scott, es atracción sexual.

—Esa es solo tu opinión, cielo. Pero, si quieres que te sea totalmente sincero, te diré que, en estos momentos, no me importa lo más mínimo lo que sea. Te deseo más que nunca y si no te poseo en los próximos veinte segundos me parece que voy a estallar.

Sin más y con la brusquedad que le caracterizaba, Scott la despojó de la ropa, la tumbó en la alfombra y, sin apartar los ojos del cuerpo desnudo de ella, se desnudó. Y fue ella entonces quien se lo quedó mirando.

Scott era totalmente viril, pensó casi sin respiración. Fuerte, alto e intimidante. Le parecía imposible que el miembro erecto de Scott pudiera caberle dentro, pero siempre le cabía y le procuraba placer incluso sin moverse.

Pero cuando se movía...

Scott se tumbó y la penetró sin más preámbulos, igual que había hecho el otro día. Y todo ocurrió con la misma rapidez que la última vez, ambos alcanzaron el clímax en breve, sacudiéndose espasmódicamente por la intensidad del placer.

−¡Sarah! −gruñó Scott dejándose caer encima de ella.

El peso del cuerpo de Scott la aplastó y ella protestó. Scott, inmediatamente, se echó a un lado y Sarah respiró aliviada.

−Perdona por haberte aplastado −dijo él a su lado−. Cuando recupere la respiración, si te parece, vamos a darnos una ducha juntos, me gustaría enseñarte unos movimientos interesantes.

−¿Más interesantes? −dijo ella, tratando de contener la instantánea y renovada excitación.

−Eso es lo que quieres, ¿no? ¿O prefieres hacerlo como solíamos hacerlo, debajo de la sábana y con las luces apagadas?

Sarah parpadeó. ¿Tan aburrido había sido el sexo con ella?

No, pero tampoco había sido tan atrevido como ahora. Nunca había rechazado a Scott sexualmente, pero siempre había actuado pasivamente, quizá por su falta de experiencia y de confianza en sí misma.

Ahora, al imaginarse a los dos desnudos y Scott enjabonándole el cuerpo...

Sarah le miró y él sonrió.

–Me encanta cuando se te enturbia la mirada. Sé que todavía estás enfadada conmigo por lo del viernes por la noche, pero lo pasamos bien en la cama, ¿no? Estuviste magnífica; muy atrevida, pero estupenda.

–El atrevido fuiste tú –observó ella, desesperada por contener una renovada pasión.

Scott se echó a reír.

–¡Cielo, qué inocente eres! Pero esa es una de las cosas que más me gustan de ti y uno de los motivos por los que me enamoré de ti. Eres muy diferente de las otras mujeres con las que salí, y con ninguna de las cuales quise casarme.

Sarah se incorporó apoyándose en un codo y le miró fijamente.

–¿Estás diciendo que te casaste conmigo porque era virgen?

–En parte, sí. Pero también quería estar en posición de poder protegerte.

–¿Protegerme?

–Claro. Una mujer tan atractiva como tú necesita que alguien la proteja de los lobos malos que hay sueltos por el mundo.

Sarah tuvo que reconocer que cuando estaba con Scott se sentía a salvo y segura. Hasta los últimos tiempos...

–Demasiada charla –declaró él bruscamente, y se incorporó–. Venga, vamos a la ducha.

Capítulo 15

A SCOTT LE encantaba cuando los preciosos ojos azules de Sarah se agrandaban y luego brillaban con una expresión mezcla de sorpresa y excitación. La nueva Sarah hechizaba, más que la Sarah tímida y virgen, porque, como esposa, prometía una vida entera llena de placeres eróticos.

Se negaba a creer que Sarah, seriamente, tuviera la intención de abandonarle, que permitiera que un maldito malentendido destruyera su relación.

Era consciente de que le había hecho daño al no confiar en ella en un primer momento, ahora le resultaba claro. Pero Sarah iba a perdonarle, no podía ser de otro modo. Si no, no habría ido a cenar con él aquella noche. Tampoco tendría relaciones sexuales con él si no le quisiera. Sarah creía que lo que sentía por él era solo atracción sexual, pero eso no era verdad. Siempre había sido amor.

Bajo el chorro de la ducha, Scott decidió hacer todo lo humanamente posible por convencer a la mujer a la que amaba de que volviera a casa con él.

Apenas había espacio, pensó Sarah cuando Scott cerró la puerta de cristal de la ducha con ellos dentro. No había forma de escapar a los chorros de agua que le caían por la cabeza y le pegaban el pelo al cuero cabelludo.

–¡Oh! –Sarah jadeó cuando Scott la hizo volverse y sintió el miembro erecto de él en las nalgas.

–Pásame el jabón –le ordenó él.

Con manos temblorosas, sin estar segura de lo que pretendía hacer Scott, pero sintiéndose incapaz de detenerle, le pasó la pastilla de jabón. Podía ser relativamente novata en lo que a la experiencia sexual se refería, pero no estaba completamente en Babia.

Volvió a jadear cuando él comenzó a enjabonarle los pezones. ¡Fantástico! El corazón le galopaba y, al final, no pudo evitar gemir de placer.

–¿Te gusta esto? –le susurró él al oído.

–Umm...

Y, cuando Scott le pasó la pastilla de jabón por el vientre, ella contuvo la respiración, temerosa de que si el jabón le tocaba partes más íntimas iba a hacerla estallar. Pero lo evitó porque Scott, hábilmente, no le rozó el clítoris, limitándose a procurarle caricias en zonas menos sensibles. A pesar de ello, Sarah, anticipando el colmo del placer, tenía todos los músculos en tensión.

–¡Dios mío! –gimió ella.

–Los rezos no te van a servir de nada, cariño –le advirtió Scott–. Ahora hazme lo mismo que te he hecho yo a ti.

Tras esa orden, Scott le dio la pastilla de jabón y se pegó a la pared para permitir que ella pudiera darse la vuelta.

Sarah no se atrevió a desobedecerle. No quería desobedecerle.

Copió todo lo que Scott le había hecho a ella, comenzando por enjabonarle el pecho, deteniéndose en los pezones... Scott lanzó un gruñido que a ella le resultó sumamente excitante. Quería hacerle gritar, gemir...

Continuó enjabonándole el vientre y, cuando le rozó la punta de la erección con el jabón, Scott lanzó una maldición y le agarró la mano para evitar que continuara.

—¿No quieres que siga? —preguntó ella con expresión traviesa, tan excitada como él.

—No —gruñó Scott antes de cerrar los grifos y abrir la puerta de la ducha.

—Pero yo sí quería —protestó ella.

—Y yo también quería que siguieras, pero tengo otros planes —respondió Scott pasándole una toalla mientras él se quedaba con otra—. ¿Vamos? —dijo con una maliciosa sonrisa, haciéndola temblar de deseo.

Abajo, en el cuarto de estar, la temperatura era muy agradable. Scott no perdió el tiempo en hacerla tumbarse con él en la alfombra.

Antes de que a ella le diera tiempo a parpadear, Scott se deslizó hacia abajo y puso la boca donde antes la había acariciado con el jabón. Ella lanzó un grito cuando los labios de Scott se apoderaron de su clítoris y se lo chupó hasta hacerle imposible contener por más tiempo el orgasmo. Esa vez, sus gritos tenían una nota de desesperación. No había querido alcanzar el clímax, no había querido perder la agudeza de su deseo.

Pero no ocurrió. Aunque durante un momento sintió la típica languidez post orgasmo, Scott renovó su deseo al deslizarse de nuevo hacia arriba y besarle los pezones.

Eso la espabiló otra vez. Completamente. Y después de atormentar sus pechos, Scott se apoderó de su boca. Fue un beso prolongado, lento y profundo, un beso íntimo y amoroso, increíblemente excitante y sentimental.

Aquello no era solo atracción sexual, pensó abrazada a su marido. Aquello era amor, verdadero amor. ¿Cómo se le había ocurrido dudarlo?

Cuando Scott dejó de besarla por fin, Sarah le miró a los ojos.

—Te quiero —declaró ella.

—Eso espero —respondió él con una sonrisa.

—¿Es que no me vas a decir que tú también me quieres?

—¿No te lo he dicho ya un montón de veces? ¿Cómo voy a poder convencerte de ello? Yo también te quiero.

Y mucho, reconoció Sarah abrazándole.

Y la idea de que lo que les unía era amor y no solo atracción sexual añadió alegría y diversión a aquel encuentro.

Sarah se dio cuenta de que a su marido le gustaba lo que le estaba haciendo. Y, realmente, nunca le había visto el miembro tan crecido ni tan duro.

Un ahogado grito escapó de los labios de Scott cuando ella le acarició la punta del pene con los labios para después metérselo y sacárselo de la boca repetidamente hasta que, por fin, le hizo gritar y gemir como un animal herido.

Capítulo 16

QUINCE minutos después, con Sarah encima, Scott estaba entregado en cuerpo y alma a una placentera agonía. Ver a Sarah en aquella desenfrenada desnudez le excitaba más de lo que había creído posible. Si Sarah no paraba iba a tener un orgasmo inmediatamente.

—Sarah, demonios...

—Perdona. ¿Te he hecho daño?

—Me estás matando. Para un momento y hablamos.

—A ti no te gusta hablar cuando estamos así.

—Pero ahora sí quiero.

Sarah lanzó un suspiro de exasperación.

—¡Vaya, con lo bien que me lo estaba pasando! Ahora que había aprendido a hacer esto bien vas tú y me dices que pare.

—Podrás hacerlo todas las veces que quieras cuando vuelvas conmigo a casa.

—Querrás decir... si vuelvo contigo, ¿no? En fin, ¿de qué quieres que hablemos?

—¿Por qué no me cuentas cómo te hiciste tan amiga de Cory?

—¿De Cory? —preguntó ella con perplejidad.

A Scott no le causaba celos la íntima amistad de

ella con Cory; en realidad, le gustaba. Pero sentía curiosidad.

–Ya te he hablado de Cory. Nos conocimos en la universidad y nos caímos muy bien. Nos gustaban los mismos libros, las mismas películas...

Él notó que a Sarah no le hacía del todo gracia tener que explicar el comienzo de su amistad con Cory.

–Me da la impresión de que, en cierto momento, fuisteis algo más que amigos –declaró Scott intuitivamente.

Ella enrojeció al instante.

–Vamos, suéltalo, Sarah –insistió él–. Nada de secretos, ¿lo recuerdas?

–Está bien, está bien. La verdad es que, al principio, me gustaba un poco. Cory es muy guapo y yo empezaba a vencer mi total aversión a los hombres. Una noche me invitó a salir y yo dije que sí; y, cuando me preguntó si quería ir a su casa, Cory todavía no vivía aquí, también dije que sí.

–¿No sabías que era gay?

–No tenía ni idea. Su comportamiento me sugería que yo le gustaba tanto como él a mí.

–¿Qué pasó cuando fuiste a su casa?

–Nada. Nos dimos unos cuantos besos.

–¿Te gustó besarle?

–Creía que sí. Aún no me habías besado tú, no lo olvides. Ahora sé que los besos de Cory eran como agua mineral comparados con los tuyos, puro champán.

Scott se sintió halagado.

–¿Qué pasó después?

–Fuimos a su dormitorio y empezamos a desnudarnos.

–¿Y?

–De repente, se derrumbó. Me dijo que lo sentía, pero que no podía seguir. Me confesó que era gay, pero que tenía miedo de que sus padres no lo aceptaran si se enteraban. Me dijo que no le había gustado besarme y que no era capaz de acostarse conmigo.

–Ya. Una situación muy incómoda, ¿no? ¿Qué hiciste tú?

–Me dieron ganas de llorar, pero Cory se me adelantó y lloró por los dos. Así que le abracé, le dije que no fuera tonto y que si quería yo le acompañaría a hablar con sus padres al día siguiente.

–¿Y le acompañaste?

–Sí, claro. Yo no hago promesas a lo tonto. Al final resultó que a sus padres no les importó; es más, dijeron que ya lo sospechaban. Pasamos el día juntos con la familia de Cory, sus padres y sus dos hermanas, menores que él, y lo pasamos muy bien. Desde entonces somos íntimos amigos.

–Entiendo –dijo Scott–. ¿Y qué pasó? Según parece, ya estabas dispuesta a tener relaciones sexuales.

–Sí, es verdad, pero no con cualquiera. Tenía que ser alguien que me atrajera físicamente y, al mismo tiempo, un hombre en el que pudiera confiar. Y, a pesar de buscar, no encontré a nadie... hasta que te conocí a ti.

A Scott le dio un vuelco el corazón. Y otra parte de su cuerpo se movió también, aunque no había estado adormilada, solo un poco distraída.

–Sigo sin entender por qué te resulté tan atractivo. No soy más que un feo y enorme bruto.

Sarah esbozó su sonrisa de Mona Lisa.

–No eres feo y lo sabes. Pero, si quieres que te sea sincera, tampoco yo sé por qué te encontré tan atractivo. No te parecías en nada a mi ideal de hombre, eres demasiado alto y grande, demasiado mayor y demasiado intimidante. Lo único que sé es que te deseé desde el momento en que te vi por primera vez.

–Pues aquí me tienes, soy todo tuyo –dijo Scott con voz espesa–. Y ahora, se acabó la charla. Vamos a la faena.

–Como tú digas, mi amo y señor –respondió ella con una sonrisa malévola antes de comenzar a moverse otra vez.

Scott apretó los dientes, decidido a aguantar lo que fuera necesario.

Aún no había amanecido cuando se despertó, le dolía la espalda un poco por haberse dormido en el suelo; la alfombra no era lo suficientemente espesa y, además, tenía a Sarah encima.

Esa noche le había demostrado a Sarah lo mucho que la amaba. Lo que había sentido por ella durante el acto sexual había ido mucho más allá que el amor. Le resultaría imposible la vida sin Sarah. Sin embargo, ahora estaba casi seguro de que, tarde o temprano, todo se arreglaría. No obstante, sospechaba que Sarah no se iba a echar atrás respecto a las dos semanas de separación. Pero él lo aguantaría porque ahora tenía esperanza.

Scott suspiró y decidió que era imperativo acostarse en una cama de verdad.

Consiguió subir las escaleras con Sarah en brazos y sin despertarla. Se dirigió directamente a la habitación de invitados, donde sabía que dormía Sarah. Allí, la metió en la cama e inmediatamente se acostó a su lado. Y, después de tanto ejercicio como habían hecho, se durmió al instante.

Capítulo 17

SCOTT la despertó a voces y sacudiendo su cuerpo.

—Sarah, despierta —gruñó él—. Maldita sea, tengo que hablar contigo.

Poco a poco, Sarah abrió los ojos y vio a Scott, de pie junto a la cama, echando chispas por los ojos. Llevaba puesta una toalla atada a la cintura, le caían gotas de agua por el cuerpo y tenía el pelo mojado, lo que indicaba que se había dado una ducha. En la mano tenía el test de embarazo que ella, descuidadamente, había dejado sobre la encimera del lavabo.

¡Oh, no! Sarah tragó saliva.

—¿Sí?

—¿Qué es esto? —Scott le enseñó la caja.

Sarah sintió una repentina angustia. ¿Y si Scott, de nuevo, se precipitaba en sacar conclusiones?

—Es un test de embarazo —respondió ella tratando de sonar completamente inocente y despreocupada.

—¿No me digas? —respondió él burlonamente—. Eso ya lo veo. Y como los dos sabemos que no es de Cory, supongo que será tuyo. Pero lo que quiero saber es... ¿por qué? Se te ha olvidado tomar la píldora alguna noche, ¿es eso?

—Bueno, sí y no —contestó ella sentándose y cubriéndose los pechos con la sábana—. Es decir, no se me ha olvidado tomar la píldora una noche, la verdad es que hace ya un tiempo que no la tomo.

Scott frunció el ceño.

–¿Por qué? Si es que puede saberse.

Sarah sabía que solo podía decirle la verdad.

–Descuido, falsa seguridad e irresponsabilidad. No sé por qué. Fue el lunes cuando me di cuenta, cuando fui a recoger la ropa y tú me lo recordaste, casi me desmayé en la cocina, ¿te acuerdas? Encima, no me hacía mucha gracia la idea de haber concebido en un acto de venganza y celos, ni tampoco en el enloquecido y breve encuentro que habíamos tenido apenas unos minutos antes. Después, ya no tenía sentido volver a tomar la píldora hasta ver si me venía la regla o no.

–Y no te ha venido, ¿verdad? –dijo Scott.

–No.

–Entonces, ¿estás embarazada? –preguntó él–. ¿Te has hecho la prueba?

–No. Es demasiado pronto para saberlo. Acabo de comprarme el test. La doctora me ha dicho que debo esperar una semana más por lo menos para saberlo.

–Supongo que es la misma doctora que te ha recetado antibióticos para la sinusitis, ¿no?

Sarah enrojeció visiblemente.

–Tenía que poner una excusa para justificar que no quería beber champán en la cena. Como sabes, me encanta el champán.

–¿No me digas? Muy inventiva, Sarah. ¿No te parece que deberías haberme dicho la verdad? –Scott la miró con frialdad–. Más o menos comprendo por qué no me lo dijiste en un primer momento: estabas enfadada conmigo. Lo que no te perdono es que no me lo dijeras anoche en el restaurante. Tanto hablar de sinceridad y de no tener secretos el uno para el otro, y mira, todo mentira. Empiezo a pensar que tenías razón al decir que entre los dos solo hay atracción sexual, nada más; al menos, por tu parte.

–Intenta ponerte en mi lugar, Scott –rogó ella–. No te dije que cabía la posibilidad de que me hubiera quedado embarazada porque no quería que lo utilizaras para obligarme a volver contigo sin que yo estuviera preparada.

–¡Y eso habría sido lo peor de lo peor! –estalló él–. ¡Qué cosa más terrible pedirle a tu esposa que vuelva a casa contigo porque puede que esté embarazada! ¡Imperdonable! Bueno, cielo, ya no tienes por qué preocuparte por eso nunca más porque... creo que ya no quiero que vuelvas conmigo. Quizá, si resultara que estás embarazada, me lo pensaría. Pero en estos momentos ni siquiera me apetece verte. ¡Me marcho!

Scott tiró el test del embarazo encima de la cama y salió de la habitación.

Casi sin poderse creer la rapidez con la que la situación se había deteriorado hasta ese punto, Sarah se quedó inmóvil mientras oía las pisadas de Scott en los peldaños de las escaleras y el pánico se apoderaba de ella.

«No puedo dejar que se vaya como lo hice yo el sábado por la mañana. Tengo que convencerle de que le quiero y pedirle disculpas por haberle mentido. Tengo que decirle que lo siento mucho. Debería haberle confesado que se me había olvidado tomar la píldora».

Con lágrimas en los ojos, bajó corriendo las escaleras.

–Déjame, Sarah –le espetó él mientras se vestía.

–¡No! No te voy a dejar hasta conseguir que me escuches.

Por fin, Scott, con la camisa en las manos y expresión colérica, la miró.

–No quiero que me digas nada.

–Scott, por favor –Sarah se miró las manos; después, las alzó para secarse las lágrimas–. Perdona.

Se le cerró la garganta de repente y, temblando por el llanto, las lágrimas le salieron a raudales.

–Scott, por favor, no te vayas. Te amo. Siempre te he querido. Ojalá te hubiera dicho lo de la píldora, pero tenía miedo.

–¿Miedo de qué?

–De acabar hecha una piltrafa emocionalmente, como mi madre. Miedo de no saber si realmente me querías o si solo ibas a seguir conmigo por haberme quedado embarazada.

El rostro de él se suavizó.

–Dios mío, Sarah, ¿cómo has podido pensar eso? Tener un hijo contigo sería estupendo, pero no por eso te iba a querer más de lo que ya te quiero. Me he casado contigo por eso, Sarah, porque te quiero.

Scott dejó caer al suelo la camisa y la estrechó en sus brazos.

–Creo que es hora de que te lleve a casa, ¿no te parece, Sarah?

–Sí, por favor –contestó ella con los labios pegados al pecho de su marido.

–Todo va a arreglarse, ya lo verás –dijo Scott acariciándola–. Confía en mí.

Capítulo 18

SCOTT se alegró de que tuvieran dos coches, todavía no comprendía cómo Sarah había metido tanta cosa en el suyo. Por suerte, al volver del restaurante había podido aparcar muy cerca de la casa de Cory.

—¿Lista para salir? —le preguntó a Sarah al verla fruncir el ceño junto al coche, daba la impresión de que intentaba acordarse de algo que se le había olvidado.

—Ah, un momento, me falta una cosa —dijo ella sin mirarle.

—De acuerdo. Te esperaré aquí.

Cuando Sarah volvió a salir llevaba en la mano la cajita con el test de embarazo, lo que le hizo recordar lo cerca que había estado de volver a estropear toda posibilidad de reconciliación.

No era propio de él perder los estribos de esa manera. Normalmente, era pragmático y conseguía mantener la calma en momentos de mucha tensión y bajo presión. Igual que su padre.

No, no era dado a estallidos de ira; sin embargo, no parecía ser el mismo desde que recibió esas malditas fotos.

No obstante, pensándolo bien, comprendía perfectamente que Sarah no le hubiera querido comentar nada sobre la posibilidad de haberse quedado embarazada. Aunque también opinaba que no debería haberle contado esa tontería de la sinusitis y haber puesto la falsa excusa de los antibióticos para explicar su negativa a beber champán.

Una cínica carcajada escapó de sus labios al pensar en lo imaginativo de la mentira. Algún día, Sarah demostraría ser una excelente abogada. Y, sin duda alguna, una buena madre también. Y él tampoco sería un mal padre. En realidad, ahora que lo pensaba con más calma, no le molestaba que a Sarah se le hubiera olvidado tomar la píldora. Tener un hijo sería bueno para los dos. Además, habían pensado tener hijos, solo que más tarde, cuando ella estuviera más establecida profesionalmente y preparada.

Quizá fuera por eso por lo que Sarah estaba asustada, quizá no estuviera preparada para la maternidad todavía; o, mejor dicho, no creyera estar preparada. Y era comprensible que pensara eso, dado que él pasaba mucho tiempo viajando por asuntos de negocios. Se daba cuenta de que había descuidado a Sarah, a ella y a su matrimonio. No le extrañaba que su esposa hubiera creído que tenía una amante, y tampoco era de extrañar que él hubiera creído que Sarah tenía relaciones con otro. Ahora veía por qué a Sarah le preocupaba el futuro de su relación.

Scott suspiró. Quizá debería hablar con ella, admitir sus fallos; al menos, hablar más con ella y hacerla ver que todo iba a cambiar. Además, debería decirle que tampoco le importaba que se hubiera quedado embarazada, si ella también estaba contenta. El problema era cómo abordar ese tema en una conversación sin que resultara forzado o falso.

Scott aprovechó la oportunidad que se le presentó de tener esa conversación cuando se acercó a Sarah para ayudarla a sacar el equipaje del coche. Y fue el test de embarazo lo que le ayudó.

–Aquí dice que es un test muy sofisticado y que puede mostrar el embarazo desde muy pronto –comentó Scott en tono de no darle excesiva importancia.

Sarah suspiró mientras le quitaba la caja de las manos.

–Sí, ya lo había leído. La chica de la farmacia me dijo que era el mejor test de embarazo que tenían, pero la doctora me dijo que la prueba podía dar negativo siendo positivo si se realizaba antes de que te tocara tener la regla.

–Pero puede que no –contestó él–. Y como sabes cuándo te toca el periodo... ¿Por qué no te haces la prueba del embarazo? A ver qué resultado da.

El rostro de Sarah mostró angustia.

–No quiero hacerlo, Scott. No puedo dejar de pensar en la horrible discusión que tuvimos la semana pasada. ¿Y si me quedé embarazada el viernes por la noche? ¿Y si concebí en un acto de venganza? No me gustaría que fuera así; por lo tanto, prefiero no saber nada de momento.

–Comprendo lo que sientes, Sarah –dijo Scott con voz suave y tierna–. Pero quizá sea el momento de examinar detenidamente lo que pasó aquella noche. Si no recuerdo mal, tú fuiste tan provocativa como yo exigente.

Sarah, pensativa, frunció el ceño.

–Bueno, supongo que tienes razón –respondió ella midiendo sus palabras–. Sí, creo que tienes razón, fue así. Me sentía muy mal porque tenía miedo de que estuvieras manteniendo relaciones con Cleo.

–¿Y cómo crees que me sentí yo cuando vi esas fotos? –preguntó él sin perder la calma.

Sarah hizo una mueca.

–Umm... Sí, podían parecer muy bien lo que no era. Cory me dijo que tu reacción no fue distinta a la de cualquier otro en tu situación. Pero yo no le hice caso.

–Deberías haberlo hecho, Sarah. Cory es un hombre muy listo. Pero volviendo a lo del viernes, no puedes negar que fue extraordinario. Lo pasamos mejor que nunca. Aunque anoche tampoco estuvo nada mal.

A Scott le encantaba verla ruborizarse. La Sarah tímida y vergonzosa seguía pareciéndole deliciosamente encantadora.

–Créeme –añadió Scott–, a pesar de los celos y la ira que sentía aquella noche, no había dejado de quererte. ¡Eso nunca! Si engendramos aquella noche, ten por seguro que ha sido un acto de amor.

–Oh...

De repente, Sarah se echó a llorar, sorprendiéndole.

Scott la abrazó y la tuvo así, pegada a su pecho, durante un rato. Por fin, Sarah pareció recuperarse, se puso de puntillas y le dio un beso en la mejilla.

Fue un simple beso, pero le conmovió. Fue un beso que le llegó al alma. Fue un beso que le afectó mucho más que todos los besos apasionados que Sarah le había dado la noche anterior. Porque ese beso estaba lleno de perdón y amor. Fue un acto de puro amor, nada que ver con el sexo.

–Gracias –dijo Sarah sonriendo–. Yo también te quiero. Mucho. Y ya no me preocupa poder haberme quedado embarazada. Lo que acabas de decirme... lo ha cambiado todo.

–Eso espero, Sarah –respondió Scott, aunque no estaba completamente convencido de que a Sarah le hiciera feliz poder haberse quedado embarazada aquella noche.

Lo que era comprensible, no había sido una noche romántica. Habían hecho el amor salvajemente y, por su parte, con ansias de venganza. Eso no podía negarlo. Pero los celos no habían podido apagar su pasión y su amor por Sarah.

–Tengo la sensación de que todavía no te he pedido perdón lo suficiente por haber dudado de ti.

–Déjalo ya –contestó ella rápidamente, y le puso la mano en la mejilla que acababa de besar–. Se dice que el amor es no tener que decir nunca «lo siento».

Scott se echó a reír.

–Eso es una tontería. Debería haberte pedido perdón de rodillas. Sé que me pasé esa noche y que no tengo excusa.

–De acuerdo, Scott, pero eso ya ha quedado atrás, ¿vale? En serio, estoy bien.

–¿En serio? –Scott le sonrió.

–Completamente. Y ahora, durante el trayecto de vuelta a casa, he tenido tiempo para pensar... Estoy mucho más contenta con nuestro matrimonio y he tomado una decisión.

Scott tragó saliva.

–¿Qué decisión?

–Tan pronto como subamos mis cosas a casa, voy a hacerme la prueba del embarazo.

Capítulo 19

SARAH se arrepintió de su decisión inmediatamente, pero ya era demasiado tarde para echarse atrás. Con dedos temblorosos, abrió la caja y sacó el dispositivo de plástico.

¿Quería que el resultado fuera negativo o positivo? Ya no lo sabía. Lo único de lo que estaba segura era de que Scott la amaba.

Aferrándose a esa idea, se hizo la prueba. Pero mientras esperaba el resultado, se vio presa de una sensación sumamente extraña. Le dio un mareo y se sintió desorientada. Tuvo que volver a sentarse en el retrete a toda prisa y se inclinó hacia delante hasta que pasó el tiempo suficiente para ver el resultado de la prueba.

Y, palideciendo, se quedó mirando el dispositivo.

Scott no se podía creer lo tenso que estaba mientras esperaba a que Sarah saliera del baño. Se paseó por el dormitorio como un padre en un hospital esperando el nacimiento de su hijo. Cuando Sarah salió por fin, estaba muy pálida, pero no lloraba. Solo se la veía... atónita.

–¿Y bien? –preguntó él.

–Sí –respondió ella asintiendo con la cabeza–. El dispositivo estaba de color rosa. Rosa intenso.

–¡Vaya! –exclamó Scott con una sonrisa de oreja a oreja–. ¡Vaya!

–Voy a tener un hijo –dijo ella como si no pudiera creérselo–. Un hijo.

–Eso parece, cielo –Scott se acercó a Sarah, la levantó y dio una vuelta sobre sí mismo con ella en los brazos, algo que no había hecho desde hacía bastante tiempo.

Tardó en darse cuenta de que Sarah no se reía. Entonces, la soltó y la miró con preocupación.

–Estás contenta de haberte quedado embarazada, ¿no? –preguntó él angustiado–. No sigues disgustada por... bueno, ya sabes.

A Scott se le encogió el corazón al pensar que a Sarah pudiera disgustarle la posibilidad de haber concebido el viernes.

Sarah parpadeó un par de veces; después, muy despacio, sonrió.

–No, ya no me preocupa eso. Te lo repito, lo que me has dicho antes lo ha cambiado todo, hablo completamente en serio. Es solo que... todavía no puedo creérmelo Una cosa es pensar que puedes haberte quedado embarazada y otra muy distinta es saberlo con certeza. Espero... espero ser una buena madre.

–Serás una madre excepcional.

–Eso es lo que me gustaría. Sin embargo... tener un hijo es algo muy serio, ¿no te parece? Te cambia la vida.

–Para mejor –le aseguró él con ternura–. Vamos a tener familia, Sarah. Vamos a formar una familia. Ninguno de los dos tuvimos una infancia con una plena vida familiar; ahora, vamos a ser tú, yo y lo que sea.

–¿Lo que sea? –Sarah empleó un tono de fingida reprobación–. Nuestro hijo no va a ser un «lo que sea», será un niño o una niña. O las dos cosas.

–No puede ser las dos cosas –le espetó Scott.

–Sí, si tengo mellizos o gemelos.

–¡Dios mío! Sea como fuera, es una buena noticia, ¿verdad?

–¿Eh? Ah, sí.

–¿Te pasa algo? Pareces aturdida.

–Sí, así es –Sarah alzó una mano y se la pasó por la pálida frente–. Me he mareado un poco cuando estaba en el baño.

–Podría ser porque no has desayunado. Yo tampoco. Voy a prepararte un vaso de zumo. Después, ¿qué te parece si vamos a comer a Dino's para celebrarlo?

Dino's era un café de moda situado cerca de su casa que servía desayunos a todas las horas del día y unos crêpes deliciosos. Solían ir a desayunar allí los fines de semana, también a almorzar. El día estaba soleado y no hacía frío, podrían sentarse a una mesa en el jardín de atrás.

–Sí, buena idea –respondió Sarah; después, sacudió la cabeza–. ¡Mellizos!

Scott le puso una mano en el codo y la instó a salir de la cocina.

–Podría ser. Mi padre tenía un hermano mellizo.

–Eso no lo sabía.

–¿No te lo había dicho?

–No.

–Te lo contaré mientras almorzamos –dijo él encogiéndose de hombros.

Capítulo 20

BUENO, cuenta –dijo Sarah, cuando ya estaban sentados a una mesa en el jardín y después de pedir la comida.

–¿Que cuente qué?

–Ibas a contarme lo del hermano mellizo de tu padre.

–Ah, sí, el hermano de mi padre. Se parecían en el físico, aunque no eran gemelos, pero tenían un carácter completamente distinto. El hermano de mi padre se llamaba Roger y era bastante rebelde y atrevido. Murió a los dieciocho años en un accidente de moto.

–Qué triste, ¿no? Pero no sé... ¿en serio crees que tenían un carácter muy diferente? Tu padre no era un hombre muy convencional que digamos.

–No, no lo era, pero no le gustaba correr riesgos innecesarios.

–¿Tú crees? En ese caso, ¿por qué compraba minas y terrenos que a los demás les parecían completamente inútiles?

Scott frunció el ceño y después se echó a reír.

–Yo nunca te he contado eso, así que... ¿cómo lo sabes?

Sarah sonrió traviesamente.

–¿Te acuerdas del día que nos conocimos?

–¿Cómo se me iba a olvidar? Me resultó muy difícil sentarme en la sala de reuniones, tenía una erección descomunal.

–Calla –Sarah se ruborizó y, apresuradamente, miró en dirección a la mesa de al lado, ocupada por un matrimonio con dos hijos–. Hay niños cerca.

–Lo siento. Está bien, suéltalo.

–Bueno, ese día estaba tan aburrida como una ostra y, como no tenía nada mejor que hacer, miré a ver qué conseguía averiguar de ti en Internet. Aunque no conseguí mucha información, todo sea dicho de paso. Tampoco logré encontrar una foto en la que se te viera bien y, la verdad, no me impresionaste... hasta que te vi en carne y hueso. Y ni siquiera sé por qué, de repente, me gustaste tanto, distabas mucho de ser mi tipo.

–Qué bien.

–He dicho que, de ahora en adelante, voy a ser completamente sincera contigo. En el futuro, solo pequeñas mentirijillas sin importancia.

Scott se echó a reír.

–Es un alivio. Dime, ¿qué fue lo que te atrajo de mí cuando me viste... en carne y hueso?

–Creo que, más o menos, todo. Pero, sobre todo, me gustó cómo me miraste. Me hiciste sentir muy sexy.

–A pesar de ello, te resististe hasta la tercera cita.

–No quería que creyeras que era una chica fácil.

–Cielo, ¿se te ha olvidado que eras virgen?

–No, pero eso no lo sabías.

–Ni podía imaginármelo. La verdad es que me quedé de piedra.

–Sí, parecías bastante sorprendido.

–Normal. Era la primera vez que me pasaba.

–¿No conociste a ninguna chica virgen de jovencito?

–No. Por esa época, me gustaban las mujeres maduras.

–¿Y ahora?

–Ahora me gustas tú –la sonrisa de Scott fue maravillosa y cálida, con solo un atisbo de promesa maliciosa.

Les sirvieron la comida en ese momento. La de ella consistía en huevos escalfados, champiñón y tostadas; Scott había pedido crêpes y helado de vainilla. Sabía que la conversación se había acabado hasta que Scott terminara de comer. Los ojos se le habían iluminado mientras se echaba miel de arce en los crêpes.

Scott seguía comiendo cuando ella terminó. Después de dejar los cubiertos en el plato, Sarah se recostó en el respaldo del asiento y miró a su alrededor. El día era cálido y las risas y sonidos procedentes del parque Luna le hicieron más placentero aún el momento.

Se sentía feliz, más feliz que nunca. Si alguien le hubiera dicho una semana atrás que iba a estar tan contenta ese día no le habría creído.

Y no se debía solo a su embarazo, sino a la profundidad de su relación con Scott. Se habían entendido. Ahora, estaba convencida de que su matrimonio sería duradero; algo fundamental, ahora que iba a tener un hijo.

No obstante, todavía quedaba un asunto pendiente, pero no quería abordarlo en ese momento. ¿Por qué estropear el día? Pero antes o después, tendría que decirle a Scott que quería que el padre de sus hijos pasara más tiempo en casa y menos en viajes de negocios con su secretaria.

Como si le hubiera leído el pensamiento, Scott sacó el tema mientras tomaban café.

–He estado pensando y he decidido que, en el futuro, voy a viajar menos por motivos de trabajo.

–Me encantaría que fuera así –contestó ella–. No me hacía mucha gracia que pasaras tanto tiempo fuera... ni que fueras siempre con Cleo y a mí nunca me invitaras a que te acompañara –declaró Sarah haciendo un esfuerzo por no parecer celosa.

Scott frunció el ceño.

–No sabía que pudieras dejar tu trabajo para venir conmigo.

–Bueno, supongo que no podría hacerlo siempre, pero de vez en cuando sí.

–Lo tendré en cuenta –contestó él–. Mira, justo ahora estoy tratando de encontrar un socio. Buscaba un socio capitalista solamente; pero, ahora, buscaré uno que tenga interés en trabajar en la empresa. De esa manera, él podría viajar en mi lugar. ¿Qué te parece?

–Me parece muy bien –respondió ella.

–También tendremos que comprarnos una casa, un piso no es lugar para tener familia. Necesitaremos un jardín. Y un perro. Tenemos que tener un perro, de pequeño me moría de ganas de tener uno. Los niños tienen que tener un perro.

–Yo también quería uno, pero mi madre se negó en redondo. Decía que dejaban pelos por todas partes.

–Buscaremos uno que no suelte pelos.

–¡Vaya, esto es estupendo! ¿Quieres que vayamos a buscar casas ahora?

–No. Ahora, cuando te termines el café, nos vamos a casa, a la cama.

Capítulo 21

A DÓNDE vas? –preguntó Scott cuando Sarah, de repente, se levantó de la cama. Habían hecho el amor durante todo el mediodía, Scott extremadamente tierno, no quería molestar a sus hijos, en plural.

–Ni siquiera deben de tener el tamaño de un guisante –le había dicho ella en un momento dado–. Y puede que solo sea un guisante.

Scott no había dicho nada, pero estaba tan seguro de que iban a tener mellizos como lo había estado de que la mina de diamantes que había comprado hacía un año iba a resultar ser un tesoro, a pesar de que todo el mundo le había advertido de lo contrario. Y, en realidad, estaba demostrando tener razón, la mina ya daba beneficios.

Nunca había pensado en tener hijos, ni, a decir verdad, en el matrimonio. Pero todo había cambiado al conocer a Sarah.

La puerta del baño se abrió, Sarah salió y, rápidamente, volvió a meterse en la cama, se tapó y se acurrucó junto a él.

Esa vez se limitaron a hablar de los barrios en los que les gustaría comprar una casa y vivir.

–A mí me gustan las playas del norte –dijo él–,

pero el tráfico es terrible. Nos llevaría una eternidad ir al trabajo.

–Sí, eso es verdad. Pero la parte norte es muy bonita, sobre todo las afueras, donde están las playas. ¿Por qué no buscamos una zona con buen servicio de ferry? –sugirió Sarah–. Por ejemplo, el barrio de Manly Beach. Si nos fuéramos a vivir allí ni siquiera tendríamos que ir a trabajar en coche, podríamos ir juntos en el ferry.

Scott sintió una cierta aprensión al oír a Sarah mencionar su trabajo. La idea de que siguiera trabajando en el mismo bufete que el sinvergüenza de Leighton no le hacía ninguna gracia. Pero sabía que a Sarah no le gustaría que le pidiera otra vez que dejara ese trabajo, así que no lo hizo. Por el momento. Pero sospechaba que haría algún comentario al respecto y no tardando mucho. No era la clase de hombre que iba a permitir que su esposa continuara sufriendo la compañía de un hombre como ese.

–Supongo que deberíamos levantarnos –dijo ella con un suspiro de resignación–. Tengo que colgar la ropa, lo hemos dejado todo en el suelo del vestidor.

–Te ayudaré –dijo él–. Después, deberíamos comer algo otra vez. No sé tú, pero yo estoy muerto de hambre.

–Tú siempre estás muerto de hambre –comentó ella sonriendo–. Pero tienes razón, yo también tengo hambre.

–Eso es porque necesitas alimentar a tres.

Sarah le dio un codazo en las costillas.

–Deja de decir eso. ¿Cómo puedes estar tan seguro de que van a ser dos?

–Bueno, podrían ser trillizos.

Scott se echó a reír al ver la cara de horror de Sarah.

—Ni lo menciones siquiera. Y ahora, dejémonos de tonterías. Es hora de ponerse a trabajar.

Scott parpadeó. Otra vez el trabajo. Cada vez que pensaba en Sarah cerca de ese tipo se ponía malo. Pero no era el momento de abordar el tema, Sarah estaba muy contenta.

Pero debería haber sabido que no lograría cerrar esa boca tan grande que tenía por mucho tiempo.

Capítulo 22

CÓMO demonios conseguiste meter tanta cosa en tu coche? –le preguntó Scott mientras la ayudaba a guardar la ropa.

–Supongo que llevada por la ira –respondió Sarah encogiéndose de hombros.

–Estabas muy enfadada conmigo.

–No te lo puedes imaginar –confesó ella–. Tenía ganas de matarte.

–Me lo habría merecido.

–Desde luego. Sin embargo, quizá debiera haberme quedado para hablar contigo y aclarar la situación en vez de irme como me fui –contestó Sarah.

Por fin, había reconocido su tendencia a huir de las situaciones conflictivas en vez de enfrentarse a ellas. Esperaba no seguir haciéndolo en el futuro.

–Creo que la culpa la tengo solo yo, cielo. Me equivoqué por completo –dijo Scott–. Pero hablando de otra cosa, ¿le has dado a Cory la buena noticia?

–No –respondió ella sorprendida de sí misma–. Se me ha olvidado.

–Será mejor que se lo digas, ¿no te parece?

–Lo haré luego, por la noche. Son solo las cinco y poco y debe de estar en la conferencia.

–Está bien. ¿Qué te parece si me voy a preparar algo para cenar mientras tú terminas con esto? –sugirió Scott.

–Buena idea.

Sarah estaba canturreando mientras colocaba los zapatos cuando, de repente, se tropezó con el regalo de aniversario de Scott, que todavía no le había dado. Agarró la pequeña bolsa de plástico en la que estaba la cajita y fue corriendo a la cocina. Encontró a Scott sentado en uno de los taburetes con el móvil en la mano.

–¿Ya has terminado? –preguntó él alzando el rostro.

–Más o menos –respondió ella, agarrando, repentinamente nerviosa, la pequeña caja. ¿Y si a Scott no le gustaba lo que le había comprado?

–Voy a pedir que nos traigan algo para cenar, ¿qué te apetece? –preguntó él–. No hay casi nada en el frigorífico ni en la despensa. Desde que te fuiste, no he comprado nada y he sobrevivido a base de comida para llevar. Estaba perdido sin ti, cariño. Completamente perdido. En fin, ¿qué te apetece? ¿Comida tailandesa, china, india...?

A Sarah le causó una náusea pensar en un plato con muchas especias.

–¿Podríamos tomar solo puré de calabaza y tostadas? –preguntó ella–. Sé que hay calabaza en el frigorífico y es fácil de preparar. Como para ti será poco, luego puedes ponerte hasta arriba de helado de chocolate, que siempre tenemos en el congelador.

–¡Hecho! –Scott sonrió–. Dime, ¿qué es lo que tienes ahí?

–Es... es el regalo de aniversario que te compré. No está con papel de regalo, lo siento.

Sarah se acercó a su marido y le dio la bolsa de plástico. El corazón le latía con fuerza cuando él sacó la caja de cuero y arqueó las cejas.

–¿Me has comprado una joya, Sarah?

Sarah sabía que Scott no era de los que llevaban anillos, ni siquiera el de boda. Pero en el momento en el que vio aquel anillo no pudo evitar comprarlo. Quizá porque representaba la estabilidad y la seguridad que siempre había sentido con Scott.

–Sí –respondió ella con firmeza–. Espero que te guste.

Scott se sintió sobrecogido por una intensa emoción al ver ese anillo con el símbolo del infinito. Sabía lo que significaba el símbolo matemático del infinito, su padre se lo había explicado de pequeño: algo que no tiene fin.

–Pero eso no tiene sentido, papá. Nada dura para siempre –le había dicho a su padre.

–Los números sí. Y el espacio –le había contestado su padre.

Y el amor verdadero, pensó Scott con un nudo en la garganta.

–Te quiero –dijo Scott mientras se ponía el anillo, de su medida. Sonrió y bajó la cabeza para besarla–. Es perfecto. Igual que tú.

–No soy tan perfecta –replicó ella devolviéndole la sonrisa–. Pero te quiero y te querré durante toda la vida. Eso es lo que ese anillo representa para mí, nuestro amor infinito.

Sarah se llevó un susto de muerte al ver, súbitamente, la expresión de consternación de Scott. ¿Acaso no la quería tanto como ella a él?

—Dios mío, Sarah, me siento fatal. Yo no te he comprado nada. Se me había olvidado. No sé qué decir...

—Ah, no te preocupes —respondió ella—. Los regalos no son importantes.

—Sí lo son, tu precioso regalo es una prueba de ello. Te compraré algo mañana, cielo. Algo especial. E iremos a un sitio especial a cenar mañana también.

—Mañana es lunes —observó ella—. La mayoría de los restaurantes cierran los lunes.

La mirada de él se enturbió.

—No vas a cambiar de idea respecto a trabajar en ese bufete, ¿verdad? No soporto la idea de que ese sinvergüenza de Leighton se acerque a ti.

Sarah se puso tensa. Comprendía que a Scott no le hiciera gracia que trabajara en las mismas oficinas que Phil y, en realidad, ella también tenía dudas respecto a seguir en Goldstein y Evans ahora que estaba embarazada; eran jornadas de trabajo muy largas y se exigía total entrega a los que allí trabajaban.

Pero era una cuestión de principios ir a trabajar ese lunes. Necesitaba comprobar que su esposo se fiaba de ella, no quería seguir sus órdenes ciegamente.

—Lo siento, Scott —le dijo en tono suave—. Entiendo cómo te sientes, pero tengo que ir a trabajar mañana

por la mañana, no puedo dejar mi trabajo así como
así. La gente pensaría que no se puede confiar en mí.
No obstante, tienes razón, empezaré a buscarme otra
cosa.

–De acuerdo –respondió él a regañadientes.

–Confía en mí.

–Confío en ti –dijo él–. De quien no me fío es de
Leighton.

Capítulo 23

AL DÍA siguiente, tan pronto como llegó al bufete, Sarah, después de pasarse por su despacho para dejar sus cosas, agarró el café que había comprado en la cafetería de abajo, salió del despacho, echó a andar por el pasillo principal y giró a la derecha, hacia el departamento de asuntos de familia, bebiendo mientras caminaba. El corazón empezó a latirle con fuerza al aproximarse al despacho de Phil.

La atractiva secretaria de él estaba detrás de su escritorio, tan engreída como siempre.

–¿Está Phil en su despacho, Janice? –preguntó Sarah.

–Está ocupado –respondió secamente la secretaria.

–Necesito hablar con él. ¿Podrías decirle que estoy aquí?

Justo en ese momento, una puerta se abrió y Phil salió de su despacho.

–Me había parecido oír tu voz –dijo él con una amplia sonrisa–. ¿Querías verme?

Sarah no tenía intención de discutir con él delante de Janice, por lo que le devolvió la sonrisa, disimulando el asco que le dio la lasciva mirada de Phil.

Sarah sabía que tenía buen aspecto, se esmeraba en tener buena apariencia en el trabajo. Ese día llevaba un traje de chaqueta Chanel de color rosa con una blusa de seda color crema. Llevaba el cabello recogido en un moño, iba perfectamente maquillada y su perfume era sutil. Unos pendientes de perlas conferían elegancia a su aspecto.

A Sarah no le molestaba que los hombres la mirasen con admiración, pero no soportaba que la miraran como si quisieran comérsela. A pesar de estar furiosa, sonrió.

–Sí, quería verte, Phil –respondió ella con dulzura–. Necesito el consejo de un abogado.

Los ojos de él se iluminaron.

–Por supuesto, querida. Lo que tú quieras. Pasa –entonces, Phil se dirigió a su secretaria–: Janice, no me pases ninguna llamada mientras estoy con Sarah.

Sarah sintió la mirada de Janice en la espalda mientras se adentraba en el despacho. Después, Phil cerró la puerta.

–Siéntate aquí –dijo él conduciéndola hasta un sofá de cuero gris con el respaldo pegado a la pared del fondo. Su despacho era uno de los más grandes, Phil era uno de los principales abogados del bufete.

Sarah se sentó y Phil lo hizo innecesariamente cerca de ella.

–No tienes que decírmelo, me lo imagino –declaró Phil–. Has dejado a tu marido, ¿verdad?

–Bueno... sí –no era mentira, había dejado a Scott durante unos días.

–No me sorprende. Puede que no lo sepas, pero tu marido vino a verme la semana pasada y lanzó todo tipo de acusaciones sobre unas fotos que alguien le envió. Fotos de nosotros dos cuando estuvimos en el hotel Regency el viernes al mediodía.

–Sí, me contó que había venido a verte –admitió Sarah.

–¿Te dijo que me amenazó con matarme si volvía a acercarme a ti?

–No, eso no me lo dijo –confesó Sarah, sorprendida de que Scott hubiera hecho semejante amenaza.

–Lo mejor que puedes hacer es acabar con ese matrimonio, Sarah. Por cierto, la semana pasada, como no viniste a trabajar, estuve muy preocupado por ti, no sabía si te había hecho algo el bruto de tu marido. La idea de que pudiera abusar de ti me tenía sin pegar ojo por las noches.

–Scott ni me ha pegado ni lo haría jamás –declaró ella apasionadamente.

Si Phil había estado tan preocupado por ella, ¿por qué no la había llamado? Pero era una pregunta retórica, porque lo sabía. En primer lugar, Phil no la había llamado porque ella le importaba menos que nada. En segundo lugar, porque tenía miedo de Scott.

–Yo no estaría tan seguro de eso –le espetó Phil–. McAllister tuvo una infancia dura, es un hombre violento, se le nota –entonces, Phil tuvo la desfachatez de ponerle una mano en la rodilla–. Tú te mereces mucho más que eso. Te mereces un hombre que te aprecie de verdad, un hombre que te proporcione la clase de vida apropiada para tu belleza e inteligencia.

–Y crees que tú eres ese hombre, ¿verdad, Phil? –preguntó ella tratando de disimular el asco que sentía; sobre todo, cuando Phil comenzó a acariciarle la rodilla.

–Debes de haber notado lo que siento por ti, Sarah –murmuró él mirándola a los ojos–. Cualquier hombre se sentiría honrado de tenerte a su lado. Cuando te casaste con McAllister me quedé atónito, no me lo podía creer. Tu marido no tiene clase ni cultura, no es más que una bestia con traje. Menos mal que, por fin, te has dado cuenta y acudes a mí. ¡Por fin!

Aquella horrible mano comenzó a subir por su muslo. Pero ya, sin poder aguantar más, le dio un manotazo y, al mismo tiempo, se puso en pie.

–¡Dios mío! ¿En serio crees que iba a dejar a Scott por ti? –Sarah hizo un esfuerzo para no echarle el café a la cara–. Aunque tu repugnante plan hubiera salido bien y Scott y yo nos hubiéramos separado definitivamente, jamás me habría ido contigo.

Phil se quedó perplejo. Su enorme ego no le permitía comprender las palabras de ella.

–Pero... ¿no has dicho que le has dejado? –preguntó él–. ¿No has venido para que me encargue de tu divorcio?

–Dejé a Scott durante unos días –respondió ella furiosa–, pero ahora estamos juntos otra vez y más unidos que nunca. Tu plan ha funcionado, pero al revés de como tú esperabas. Jamás me divorciaré de Scott.

Sarah respiró hondo y añadió:

–Antes de entrar te he dicho que necesitaba el consejo de un abogado, ¿verdad? Dime, Phil, ¿qué le dirías tú a una chica en mi situación? Supongo que te darás cuenta de que al señor Goldstein no le gustaría oír que una de sus empleadas es víctima de acoso sexual.

Sarah vio miedo en los ojos de Phil. Ese hombre era, entre otras muchas cosas, un cobarde.

–No tienes pruebas de nada –dijo él con voz temblorosa al tiempo que se ponía en pie–. Es tu palabra contra la mía.

–¿No me digas? Bueno, en ese caso, veamos si es tu palabra o la mía la que tiene más peso con el jefe.

–Yo no te aconsejaría que fueras a ver a Goldstein, sería un gran error –le espetó él–. Mi padre es un hombre importante, es senador y muy amigo de Goldstein. Llevarías todas las de perder.

–¡Y yo que creía que debías de estar loco por mí para hacer lo que hiciste!

–Ninguna mujer me vuelve loco, Sarah –dijo él con desprecio–. Puede que seas guapa, cielo, pero no tienes gusto. ¡Preferir a ese orangután antes que a mí! Increíble.

–Tú jamás serás la mitad de hombre que Scott es –declaró ella con firmeza–. Lo que no tiene sentido es que me cayeras bien. Creía que eras mi amigo, alguien con quien podía contar y a quien podía pedirle consejo. Al principio, cuando Scott me dijo que tú eras el responsable de lo de las fotos, no le creí. Pero ahora veo que tenía toda la razón, aunque se equivocó respecto a los motivos que te impulsaron a hacer lo que hiciste. Tú nunca me deseaste, solo querías causarme problemas. Querías que sufriera porque yo había herido tu orgullo.

Phil lanzó una carcajada llena de desprecio.

–Desde luego, no fue porque no podía vivir sin ti. Pero estaba harto de que te quejaras de lo mucho que viajaba tu marido, así que decidí proporcionarte un motivo para que te quejaras de verdad. Por cierto, ahora que lo pienso, tu querido esposo podría estar teniendo relaciones con su secretaria, ¿no crees? No hice que le investigaran, esa fue solo la excusa que puse para que fueras conmigo al hotel. Lo que me proponía era que el imbécil de tu marido creyera que teníamos relaciones. Me imaginé que, con la pena de la separación, igual hasta llegaba a acostarme contigo.

—Scott tiene razón, eres repugnante –dijo Sarah fríamente.

El miedo volvió a asomar a los ojos de él.

—No puedes demostrar nada.

—Eso está por ver, Phil.

—¿Y si digo que te acostaste conmigo ese día? Podría contar que me dijiste que me querías y que estabas dispuesta a dejar a tu marido por mí, pero al ver que no te correspondía decidiste vengarte de mí.

Sarah sacudió la cabeza. Scott tenía toda la razón del mundo, Leighton era un ser despreciable.

—Yo diría que estar perdiendo el tiempo –contestó ella fríamente–. Me voy de aquí, Phil. No te mereces que desperdicie mi tiempo y energía denunciándote. El tiempo se encargará de ti. Solo quería hablar contigo cara a cara y decirte lo que pienso de ti antes de dejar mi trabajo.

—¿Vas a dejar el bufete? –Phil se quedó boquiabierto.

—Sí. Y no pienso volver.

—¿Qué motivo vas a alegar?

Sarah esbozó una maliciosa sonrisa.

—Ya se me ocurrirá algo.

Capítulo 24

SARAH sonreía mientras recorría a pie las tres manzanas que la separaban de la oficina de Scott. Estaba feliz por haber dejado el bufete, y no solo por haber escapado a la tóxica presencia de Phil. Hasta ese momento, no se había dado cuenta de que no había disfrutado con su trabajo. Le gustaba tratar con los clientes, pero odiaba la constante presión para ganar los juicios. En Goldstein y Evans había que ganar siempre, a toda costa. También esperaban que se trabajaran largas jornadas sin cobrar las horas extra. Al principio no le había molestado, pero ahora que iba a tener un hijo era otra cosa.

Aunque no quería abandonar su carrera por completo y entregarse exclusivamente a su papel de madre, tampoco quería que a su futuro hijo lo criara una niñera o meterlo en una guardería al poco de nacer. No era esa la clase de familia que quería. Y, si esperaba que Scott pasara más tiempo en casa, ella también tendría que hacerlo. En un matrimonio, los dos debían ser iguales.

Sarah no había llamado a Scott para decirle que iba, quería darle una sorpresa y ver la cara que ponía cuando le dijera que había dejado el trabajo. Scott se iba a llevar una inmensa alegría, pensó mientras subía en el ascensor al despacho de él.

Sonreía abiertamente cuando salió del ascensor y empujó la puerta de las oficinas de McAllister Mines.

–Hola, Leanne –saludó alegremente a la recepcionista de unos cuarenta años de edad–. ¿Está el jefe?

–Sí, claro.

–Estupendo. Tienes buen aspecto, Leanne. ¿Has cambiado de peluquero? –Leanne llevaba una melena tipo paje castaño claro con mechones rubios, el nuevo corte de pelo la hacía parecer más joven.

–Sí, he ido al tuyo. Gracias por decírmelo.

–De nada.

Sarah echó a andar por el pasillo hacia la puerta de Cleo. Al llamar, como no oyó respuesta, abrió y vio el despacho vacío. Sin embargo, la puerta del despacho de Scott estaba abierta, y lo que vio le borró la sonrisa del rostro al instante...

Delante de su escritorio, Scott tenía abrazada a Cleo. Le estaba hablando en voz baja y Cleo... Cleo parecía estar llorando.

«Tienen relaciones desde hace mucho. Scott acaba de contarle que estoy embarazada y Cleo está destrozada».

Su primer impulso fue dar media vuelta, salir corriendo a esconderse en el baño y, al rato, volver y hacer como si no hubiera visto nada.

De haberse dado esa situación unos días atrás, eso sería lo que habría hecho. Pero no, ese era el primer día de su nuevo matrimonio, un matrimonio basado en la sinceridad y la mutua confianza, no en los ataques de celos y la desconfianza.

«Claro que no tienen relaciones. Scott te quiere. Tienes que fiarte de él, igual que quieres que él se fíe de ti. Lo que estás viendo debe de tener una explicación».

Sarah respiró hondo, se adentró en el despacho y se aclaró la garganta sonoramente para anunciar su presencia.

Scott miró por encima de la cabeza de Cleo y se quedó atónito al ver a Sarah en la puerta.

Sarah había dicho que se pasaría a la hora del almuerzo para hacer unas compras juntos, pero era muy temprano todavía. De repente, se dio cuenta de lo comprometedora que parecía la situación. A ninguna esposa le gustaría ver a su marido abrazando a su secretaria.

Pero, si Sarah interpretaba la situación erróneamente, todo lo que habían logrado aquel fin de semana se vendría abajo.

Un profundo desaliento se estaba apoderando de él cuando algo maravilloso ocurrió. Sarah le sonrió y arqueó las cejas con expresión irónica, sin muestras de celos.

Sarah confiaba en él. La sensación fue extraordinaria.

Scott le devolvió la sonrisa al tiempo que se encogía de hombros con gesto de víctima inocente en aquellas circunstancias.

Un enorme alivio se apoderó de Sarah al ver a Scott sonreír. Menos mal que se había fiado de él y no había caído víctima de los celos.

–Hola, cielo –dijo Scott–. Cleo está teniendo un mal día.

–¡Oh, Sarah! –Cleo lanzó un grito y se apartó de Scott inmediatamente–. No es... No pienses que...

–No pienso nada –se apresuró a decir Sarah.

Sarah se acercó al escritorio de Scott, sacó un pañuelo de celulosa de la caja que había encima y se lo ofreció a la llorosa Cleo.

–Es el aniversario de la muerte de Martin –explicó Scott mientras Cleo se secaba el rostro–. Pero Cleo no se había acordado hasta hace un par de minutos.

–Entiendo –dijo Sarah con voz suave.

–Es la primera vez que me pasa –dijo Cleo conteniendo un sollozo–. Siempre voy al cementerio a poner flores en su tumba el día del aniversario de su muerte. Solemos ir su madre y yo juntas.

–Pues hazlo –dijo Scott–. Llama a Doreen y tómate el resto del día libre.

Al instante, el rostro de Cleo se iluminó.

–¿Seguro? ¿De verdad no te importa?

–Completamente seguro –contestó Scott con decisión.

–Gracias, Scott. Sarah, tu marido es un hombre extraordinario y un jefe excelente.

Sarah sonrió.

–Desde luego que lo es –contestó Sarah al tiempo que entrelazaba el brazo con el de Scott.

–Anda, vete ya –le dijo Scott a Cleo.

–Sí, sí, ya me voy. Entonces, hasta mañana, Scott.

Sarah estaba contenta cuando Cleo cerró la puerta tras de sí.

–Bueno, señora, ¿a qué se debe este honor? ¿Has venido antes de tiempo o a mí se me ha pasado la hora?

–He venido antes de tiempo y también estoy sin trabajo. Me he despedido del trabajo esta mañana.

Scott abrió mucho los ojos con expresión incrédula.

–¿Qué ha pasado? No, no me lo digas, lo sé. Leighton se te ha insinuado y tú has perdido los estribos.

–En parte, pero no ha sido solo eso. Esta mañana, al entrar en el bufete, me he dado cuenta de que me resultaría muy difícil trabajar en Goldstein y Evans estando embarazada y después con un bebé, demasiado estresante. Lo mejor es que trabaje a tiempo parcial; sobre todo, ya que no necesitamos que yo tenga un buen sueldo, ¿verdad? –de repente, Sarah se quedó preocupada–. ¿O estamos al borde de la ruina?

Scott se echó a reír.

–No, todavía no. Sarah, no sabes lo feliz que me haces.

Scott habría querido hacer algo más que besar a Sarah, pero Cleo todavía debía de estar al otro lado de la puerta recogiendo sus cosas. Por lo tanto, después de un beso, sugirió salir a tomar un café y a hacer unas compras.

–¿Qué es lo que tenemos que comprar? –le preguntó Sarah.

–Tu regalo de aniversario. Iba a comprarte otro anillo con el símbolo del infinito y seguramente lo haré. Pero ahora que has dejado el trabajo, quiero hacerte un regalo más.

–¿Qué?

–Una segunda luna de miel –declaró Scott.

El rostro de Sarah se iluminó.

–Sé lo mucho que te gusta Asia, así que se me ha ocurrido que podríamos ir a Tailandia, a uno de esos complejos turísticos de lujo en una playa. ¿Qué te parece Phuket? Podríamos irnos inmediatamente. ¿Qué me dices?

–Me encantaría. Pero... ¿y tu trabajo? ¿No está la situación un poco complicada últimamente?

Scott se encogió de hombros.

–La situación va a seguir complicada durante un tiempo. Pero nuestra relación es mucho más importante que el trabajo, Sarah. Después de lo mal que lo hemos pasado, necesitamos estar juntos y disfrutar unos días.

–¿No te corría mucha prisa encontrar un socio? ¿Y los problemas de flujo de dinero?

–Ahora que la mina de diamantes está produciendo bastante, el problema no es tan apremiante. Tengo suficiente dinero en efectivo para un mes más o menos. En cuanto a mi nuevo socio, Cleo podrá arreglárselas hasta que volvamos. Conoce el negocio como la palma de su mano y disfrutará haciendo de jefa unos días. Además, no vamos a estar fuera mucho tiempo, un par de semanas a lo sumo.

Sarah parpadeó.

–Cielos, no sé qué decir.

–Di que sí.

–De acuerdo. Sí.

–En la entreplanta del edificio hay una agencia de viajes. Cuando bajemos, nos pasaremos antes por la agencia. Pero antes... –Scott se acercó a la puerta, la abrió y asomó la cabeza–. Bien, Cleo ya se ha ido. Ahora...

Scott se volvió, la tomó en sus brazos y la besó a conciencia.

–No –dijo ella cuando sus labios se separaron y vio aquel brillo travieso en los ojos de Scott.

–¿Por qué no? Estamos casados. Además, no nos va a llevar mucho tiempo.

–No me gusta hacerlo de prisa –declaró ella, aunque el corazón le palpitaba con fuerza.

–¡Quién lo habría dicho!

En la agencia de viajes, Sarah dijo sí a todo lo que Scott sugirió. La vida era maravillosa. Además de lo mucho que Scott la amaba, iban a tener un hijo. Aquel viaje de segunda luna de miel iba a completar su felicidad.

–Bueno, cielo, ¿qué te parece? –volvió a preguntarle Scott.

Pero aunque Sarah no recordaba la pregunta, estaba segura de que Scott había elegido bien. Confiaba en él.

–Sí, perfecto –respondió ella.

–¿Estás segura de que tendrás tiempo de hacer el equipaje para salir mañana? –le preguntó Scott cuando salieron de la agencia.

–¡Mañana! –exclamó Sarah parándose en seco.

–Sabía que no estabas prestando atención –dijo Scott sonriendo maliciosamente–. Pero has dicho que sí a todo, así que... Mañana a las cuatro de la tarde tomamos un avión a Bangkok. ¿Crees que podrías estar lista?

–Supongo que no me queda otro remedio. No sé qué ropa llevarme al viaje.

–No mucha. Va a ser nuestra segunda luna de miel, no lo olvides. La ropa no es de gran importancia.

–Eso lo dirás tú.

Scott alzó los ojos al cielo.

–Allí también hay tiendas de ropa. Y ahora, iremos a comprar el anillo con el símbolo del infinito y...

–No, de ninguna manera –le interrumpió ella–. Tengo que ir corriendo a casa a hacer el equipaje. Después, mañana por la mañana, tendré que ir a la peluquería. ¡Cielos!

–También tienen peluquerías allí –observó él con una sonrisa burlona.

–Sí, es verdad –de repente, Sarah alzó los ojos al hombre al que amaba y sonrió–. ¡Mañana! Estoy deseando empezar el viaje.

Scott la acercó a su cuerpo.

–Y yo, cielo. Y yo.

Bianca

Una inesperada noche con el sultán...

HEREDERO SECRETO

KATE HEWITT

La inocente Gracie Jones anhelaba vivir aventuras. Una noche mágica, se encontró en brazos del carismático Malik al Bahjat, descubriendo a la mañana siguiente que era el heredero al trono de Alazar. Expulsada de su lado por la familia real, Gracie tuvo la certeza al cabo de unas semanas de que, a consecuencia de aquella noche, se había quedado embarazada.

Cuando Malik supo la verdad, diez años más tarde, irrumpió en la vida de Gracie. Arrastrándola consigo a su magnífico reino, fue conquistándola, beso a beso, con la intención de legitimar a su heredero y satisfacer su deseo, para lo que necesitaba coronarla como su reina del desierto.

Acepte 2 de nuestras mejores novelas de amor GRATIS

¡Y reciba un regalo sorpresa!

Oferta especial de tiempo limitado

Rellene el cupón y envíelo a

Harlequin Reader Service®
3010 Walden Ave.
P.O. Box 1867
Buffalo, N.Y. 14240-1867

¡Sí! Por favor, envíenme 2 novelas de amor de Harlequin (1 Bianca® y 1 Deseo®) gratis, más el regalo sorpresa. Luego remítanme 4 novelas nuevas todos los meses, las cuales recibiré mucho antes de que aparezcan en librerías, y factúrenme al bajo precio de $3,24 cada una, más $0,25 por envío e impuesto de ventas, si corresponde*. Este es el precio total, y es un ahorro de casi el 20% sobre el precio de portada. !Una oferta excelente! Entiendo que el hecho de aceptar estos libros y el regalo no me obliga en forma alguna a la compra de libros adicionales. Y también que puedo devolver cualquier envío y cancelar en cualquier momento. Aún si decido no comprar ningún otro libro de Harlequin, los 2 libros gratis y el regalo sorpresa son míos para siempre.

416 LBN DU7N

Nombre y apellido	(Por favor, letra de molde)

Dirección	Apartamento No.

Ciudad	Estado	Zona postal

Esta oferta se limita a un pedido por hogar y no está disponible para los subscriptores actuales de Deseo® y Bianca®.
*Los términos y precios quedan sujetos a cambios sin aviso previo.
Impuestos de ventas aplican en N.Y.

SPN-03   ©2003 Harlequin Enterprises Limited

Deseo

Él se había acostado con ella y había desaparecido de su vida…

RIVALES EN
LAS SOMBRAS

KATHERINE GARBERA

Cari Chandler no había olvidado a Declan Montrose; su bebé era un continuo recordatorio. El multimillonario, enemigo acérrimo de la familia de Cari, había salido de su vida a la mañana siguiente de acostarse con ella, pero ahora había vuelto con ganas de venganza.

El último paso para salir vencedor de la larga contienda entre sus familias era hacerse con la empresa de Cari. Pero para Dec, ella era más que un daño colateral: deseaba seducirla una y otra vez. Hasta que descubrió que lo que ocultaba era mucho más valioso que su empresa, era el hijo que había tenido con él. Dec estaba dispuesto a arrebatárselo sin importarle a qué precio.

Bianca

Primero llevó sus joyas… y después él la chantajeó para acostarse con ella…

CADENAS DE DIAMANTES

JULIA JAMES

Lucir aquellos valiosos diamantes era uno de los trabajos más prestigiosos que había hecho la modelo Anna Delane. Cuando las joyas desaparecieron, Anna quedó a merced del magnate griego Leo Makarios…

Leo estaba seguro de que la exquisita Anna no era más que una vulgar ladrona y estaba dispuesto a hacer todo lo que estuviese en su mano para recuperar los diamantes. Así pues, la llevó a una exótica isla y se dispuso a poner en práctica su despiadado plan: antes de que se pusiera el sol, Anna sería suya y, cuando volviera a salir por el horizonte, la modelo sería libre de marcharse… Para entonces la deuda habría quedado saldada.